BJT商務日語能力考試
官方 模擬試題 & 指南

BJT Business Japanese Proficiency Test
Official Practice Test & Guide

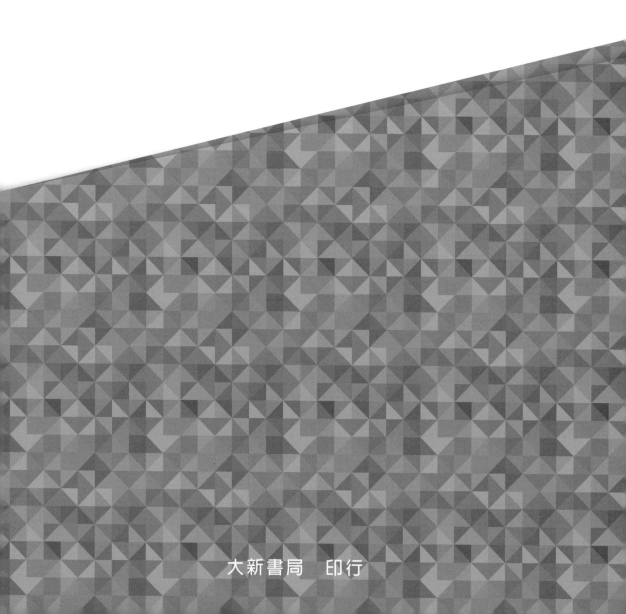

大新書局　印行

はじめに

●日本語を一通り勉強した。この力を日本の企業で生かしたい。

●日本のビジネス社会や企業とかかわって仕事をする必要がある。

●自分の日本語コミュニケーション能力を試したい。

　このような気持ちを持っている人に必要なのが本書です。

　本書は、BJTビジネス日本語能力テスト（以下、BJT）を受ける人のために書かれた本です。受験にあたって、模擬テストを解いて実際のテストの練習ができるようにしてあります。しかし、本書の意義はそれだけではありません。

　そもそも、外国の人が日本のビジネス社会で働くには、いくつかのハードルがあります。1つは言うまでもなく言葉、日本語のハードルです。そのハードルをクリアしたとき、次に待っているのは、ビジネスコミュニケーションの問題や、日本のビジネス習慣や文化的背景にかかわる問題です。特に、ビジネス習慣は、人間関係を重視した面が強く、会得するまで時間がかかるものです。しかし、日本のビジネス社会で生きていくには、そうした難しい問題にも対応できる力が必要です。

　BJTは、それらの力を分析し、必要な能力を分解して出題するようにしています。そして、本書はその能力を認識できるようにも作られています。したがって、本書で模擬テストを練習することは、本テストの対策になるのはもちろんですが、それ以外に、日本のビジネス社会で生きていくノウハウを身につけることにもつながるのです。

　模擬テストを解いて、解説を読めば、日本のビジネス社会で必要とされる考え方、行動の発想、現実的な技術を理解できるようになっています。本書を読んで、日本のビジネスコミュニケーションやビジネス社会のことを理解してくださる人たちが増えれば、国際的な相互理解も深まります。

　本書は、BJTの受験者の学習の指針となると同時に、国際的なコミュニケーションの円滑化に貢献できることを目指しているのです。

前　言

● 已經總括地學習過日語。想在日本企業活用這項語言能力。
● 工作上必須與日本的商務社會或企業有所往來。
● 想測試自己的日語溝通能力。

有著上述想法的人，需要的就是這本書。

本書專為參加 BJT 商務日語能力考試（以下簡稱 BJT）的人所編撰。面臨考試，可透過作答模擬試題進行實際考試的練習。但本書的意義不僅止於此。

說起來，外國人要在日本的商務社會工作有幾個門檻。其一自然是語言——日語這道關卡。當克服了這道關卡，接著等待的便是商務溝通問題，以及日本的商務習慣和文化背景的相關問題。特別是商務習慣上極度重視人際關係，需要花費時間才能熟習。然而為了在日本的商務社會生存，就必須具備能應對此難題的能力。

BJT 分析了上述能力，拆解這些必要能力來出題。本書亦是為了使讀者理解這些能力所編寫而成。因此藉由練習本書的模擬試題，不但能作為正式考試的對策，更可進一步掌握在日本商務社會生存的訣竅。

只要回答模擬試題、閱讀解說，就能夠理解處於日本商務社會中所必備的思維、行為見解和實質技術。若透過閱讀本書，讓更多人理解日本的商務溝通或商務社會，也就能夠加深國際之間的彼此理解。

本書作為 BJT 應試者的學習指南，同時也以對於促進國際交流順利有所貢獻為目標。

目 次

目 次

本 書 の 構 成 と 使 い 方

　本書の内容は大きく3つの部分から成ります。

　第1は、模擬テストの部分です。実際の本テストは、コンピュータ端末で受験する仕組みになっています。模擬テストは、本テストを受けるにあたって、紙の上ではありますが、体験してもらうためのものです。テストの流れや出題の形式、選択肢の示し方などを知ってもらって、本テストをできるだけイメージしてもらえるようにしています。

　第2は、BJTについて案内している部分です。ここでは、テストの意義、テストがどのような考え方に基づいて出題されているのかなどについて、まとめて説明しています。また、本テストを受験する際に、気をつけるとよいことなども説明しています。

　第3は、解答・解説です。模擬テストの各問題について、解くときの考え方や注意、正答とその解説を述べています。そして、BJT受験のためのアドバイスについても述べています。

　なお、模擬テストに使う音声は大新書局ホームページでダウンロードできます。模擬テストを体験する際に、これを使うことで、本テストに近い形で問題を解くことができます。

　本書の使い方としては、まず、BJTがどういうものかを知るために、模擬テストからスタートしてください。大新書局ホームページよりダウンロードした音声を再生し、模擬テストの問題を解いてください。解答用紙も用意してあります。解答が終わったら、答え合わせをしましょう。その結果で、自分の力がどの程度あるのかを知ることができます。

　また、採点をしたあとで、改めて解説を読んでください。解説には、その問題がどういう意味を持っているか、その問題を解くときにどういう点に注意すべきかなどについても書いてあります。それを読むことで、間違った問題は当然のこと、正解した問題についても新たな知識が得られるはずです。

　さらに、受験のためのアドバイスを読んで、受験にあたっての心構えや普段から学習しておきたいことを勉強しておきましょう。

本書內容大致分為 3 個部分。

第 1 部分為模擬測驗。實際正式考試是在電腦上進行。模擬測驗雖為紙上進行，但這是為了讓讀者能夠體驗正式考試，理解考試的流程、出題形式、選擇題的題型等，得以盡可能想像正式考試時的情況。

第 2 部分為關於 BJT 的介紹。本書綜合歸納說明了考試的意義、考試是基於何種出題理念等。另外，亦說明了參加正式考試時應當注意的事項。

第 3 部分為解答、解說。關於模擬測驗的各問題，解題的思考方向及注意要點、解答與解說都在此加以說明。

此外，於模擬測驗使用的音檔可由大新書局官網下載。體驗模擬測驗時，藉由使用 CD，便能夠以最接近正式考試的形式進行答題。

關於本書的使用方式，首先為了明白 BJT 是什麼樣的考試，請從模擬測驗開始。請播放由大新書局官網下載的音檔，回答模擬測驗的問題。書中亦準備了答案紙。答題完畢後，請對答案。從結果便能得知自己的實力落在哪個程度。

另外，計分完成之後，也請好好閱讀解說。解說中說明了各問題所含的意義，以及解題時應注意的重點。透過細讀解說，不但可發現答錯問題的癥結，理應也能從答對的問題之中獲得新知識。

更進一步，閱讀應試建議，掌握考試時應做的心理準備，以及從平日起就應學習之事。

BJTビジネス日本語能力テスト

模擬テスト 問題

模擬テストを体験しよう

　ここからが模擬テストです。本テストと同様、第１部〜第３部に分かれて、全体で80問から成ります。実際のテストは、コンピュータの前に座って受験するCBT方式（Computer Based Testing）で行われます。その点、本書では、紙面で問題を見て、筆記用具を使って解答するという違いがありますが、内容的には本テストと同様のものが用意されています。

　以下、実際に模擬テストを体験するための方法を説明します。
⑴音声データの準備をする。
　このテストを解くには、音声が必要です。次の①か②の方法で音声を聴けるようにしてください。
　①大新書局ホームページよりダウンロードした音声を再生する。
　②オーディオブック配信サービス「FeBe」で音声データをダウンロードして再生する（94ページ参照）。

⑵解答用紙を準備する。
　73ページに「解答用紙」がありますので、切り取るかコピーをして、解答を書き込めるように準備してください。

⑶13ページを開いて、音声を再生し、第１部と第２部の問題を解く。
　模擬テストのスタートです。音声の指示に従って、順番に問題を解いてください。
　音声を途中で止めずに、テストの第１部から第２部の終わりまで問題を解いてください。

⑷第３部の問題を30分で解く。
　音声による指示があるのは、第１部と第２部です。第３部には音声はありません。
　第２部が終わったら、引き続き、58ページ以降の第３部の問題に取り組んでください。第３部に与えられる時間は30分です。時間内に問題を解いてください。

模擬テストが終わったら

　模擬テストの体験が終わったら、採点をしてみてください。正答一覧が98ページにあります。そして、その採点結果をもとに、能力レベルの判定ができるようになっています。つまり、ビジネス日本語の能力がどれくらいあるかを把握できるようになっているのです。詳しくは99ページで説明していますので、それを参考にしてください。

　なお、6ページの「本書の構成と使い方」でも述べましたが、結果がわかったあとで、解説を読んでください。

　正解した問題についても、たまたま正解したのではなく、自分がきちんと理解しているかどうかを確認してください。また、解説で述べられている中には、自分にとって新たな知識となることもあるはずです。しっかり身につけておきましょう。

　間違えた問題については、なぜ間違えたのかを把握しましょう。ここでも、新たな知識や、自分が間違えて覚えていた事柄を学習することができます。

　そのような学習を、少し時間をかけて行った上で、もう一度模擬テストにチャレンジしてみてください。単に正解できるだけでなく、ビジネス日本語について自信を持って答えている自分を発見できるでしょう。

第 1 部　聴解テスト
セクション 1

PART 1　Listening Test　Section 1

解答・解説 ▶ 100～102ページ

 練 習

3 番

4 番

🔊 5番

第１部　聴解テスト
セクション２

PART 1　Listening Test　Section 2

解答・解説 ▶ 103〜109ページ

 練 習

🔊 1番

🔊 2番

3 番

4 番

🔊 5番

🔊 6番

７番

８番

9番

10番

第 1 部　聴解テスト
セクション 3

PART 1　Listening Test　Section 3

解答・解説 ▶ 110〜119ページ

練 習

1番

 **2番**

3番

4番

5番

 **6番**

7番

8番

🔊 **9 番**

🔊 **10 番**

第2部 聴読解テスト
セクション1

PART 2　Listening & Reading Test　Section 1

解答・解説 ▶ 120〜123ページ

 練 習

1	会議の日程
2	会議の場所
3	会議の出席者
4	会議の資料

1番

1 コピー機の修理

2 コピー機の購入

3 コピー機の設置

4 コピー機の点検

 2番

1 新製品の企画

2 新製品の宣伝

3 新製品の開発

4 新製品の製造

🔊 3番

1　支払の日付

2　口座の開設

3　請求の金額

4　納品の方法

🔊 4番

1　出張の日時

2　出張の場所

3　移動の手段

4　移動の目的

5 番

1 案内状が必要か

2 候補地が適切か

3 来客数が多いか

4 開設費用が十分か

第２部　聴読解テスト
セクション２

PART 2　Listening & Reading Test　Section 2

解答・解説 ▶ 124～128ページ

 練 習

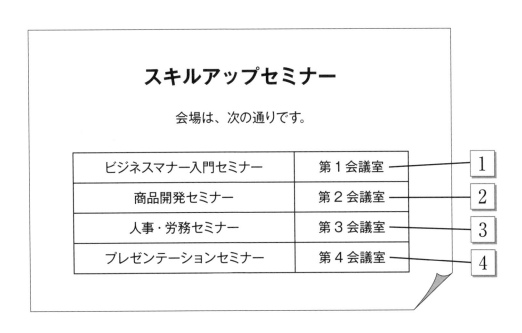

スキルアップセミナー

会場は、次の通りです。

ビジネスマナー入門セミナー	第１会議室	1
商品開発セミナー	第２会議室	2
人事・労務セミナー	第３会議室	3
プレゼンテーションセミナー	第４会議室	4

1番

連絡メモ

鈴木様

　武田商事様から電話があり、先日メールで依頼した商品の個数を 20 個から 30 個に変更してほしいとのことです。

　返事をお待ちですので、至急先方にご連絡ください。

9/12　14：00　井上

1	取引先にすぐ電話をする
2	取引先にすぐメールをする
3	取引先に今日中にメールをする
4	取引先に今日中に商品を届ける

🔊 2番

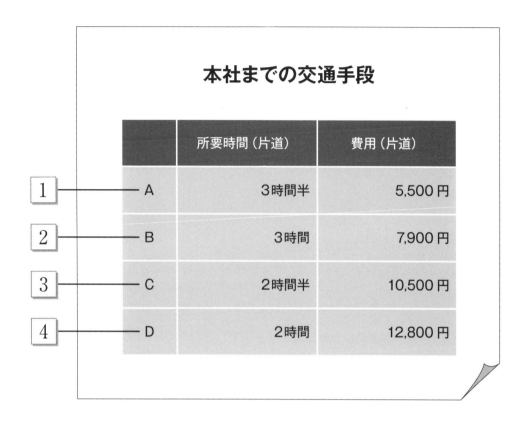

本社までの交通手段

	所要時間（片道）	費用（片道）
1 ── A	3時間半	5,500 円
2 ── B	3時間	7,900 円
3 ── C	2時間半	10,500 円
4 ── D	2時間	12,800 円

3番

発信者：秘書室　山本華子

受信日：20XX 年 1 月 12 日 10:25

受信者：営業部　鈴木三郎

件　名：会議時間変更の件

鈴木部長

明日の定例会議の時間が変更になりました。

午前 10 時開始の予定でしたが、急遽、社長も出席されることになり、午後1時半スタートに変更となりました。

つきましては、開始 10 分前には必ず会議室にお越しくださいますよう、お願いいたします。

なお、社長のご都合上、午後3時には終了の予定です。

秘書室　山本華子

1	9時50分
2	13時20分
3	13時30分
4	14時50分

4番

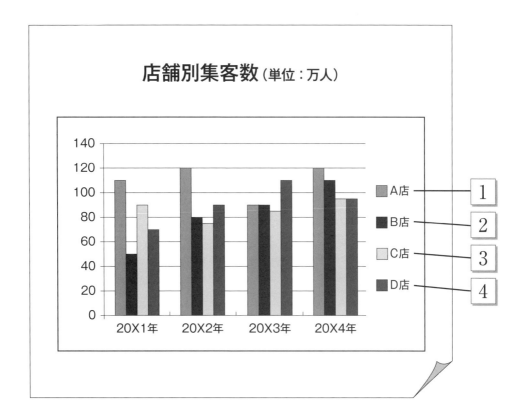

5番

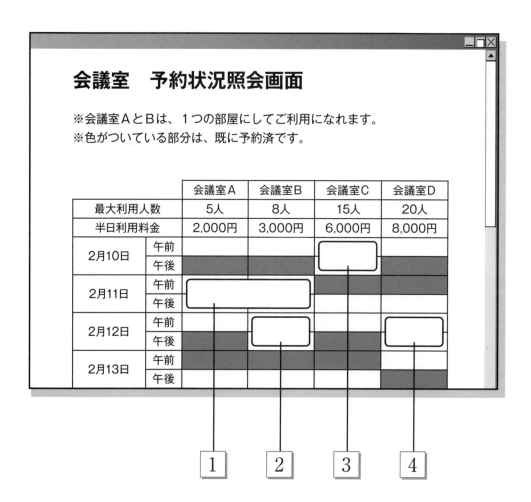

6番

20XX年5月9日

株式会社　マルイオート販売　御中

株式会社　ワカバ自動車

製品展示会のご案内

　拝啓　貴社におかれましては益々ご清栄のこととお慶び申し上げます。
　さて、この度弊社では下記の要領にて製品展示会を開催することとなりました。つきましては、ご多用中、誠に恐縮ではございますが、是非ともご来場いただきたくお願い申し上げます。
　なお、ご来場いただける場合は、お手数ですが同封の申込書に必要事項をご記入の上、ご返送をお願いいたします。
　今後ともご愛顧のほどよろしくお願い申し上げます。

敬具

記

日時：20XX年7月27日　9：00〜17：00
場所：コンベックスホール
お問い合わせ：0120−XXX−334
E-mail：wakaba@xxx.co.jp

以上

1　直接会場に行く

2　電話で申し込む

3　文書で申し込む

4　メールで予約する

7番

＜新システムのご案内＞

当社のモニターカメラシステムの導入に伴い、これまでにない効果が
期待できます。

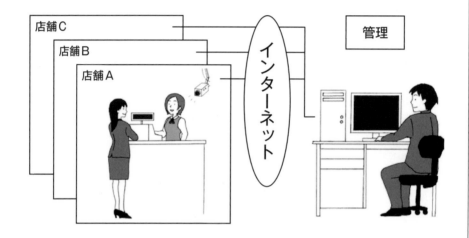

離れた場所から各店舗の顧客入店者数や店員の動き等を把握できます。

---

1 他店の動向を調査すること

2 従業員を教育すること

3 顧客の個人情報を管理すること

4 店舗を集中管理すること

8番

ビジネスセミナーのご案内

各種セミナーをご用意しております。
下記以外にも多数ございますのでお気軽にお問い合わせください。

研修名	研修内容
1　やさしい労務管理	社員教育、福利厚生などの基本を学ぶ
2　ビジネスマナーの極意	失敗しないビジネスコミュニケーションをワークショップ形式で学ぶ
3　最新のリスクマネジメント	危機管理と対応について事例をもとに学ぶ
4　効果的な情報発信	魅力ある紙面やサイトづくりの手法を学ぶ

9番

今、人々が求めているものは何でしょうか？

お金でしょうか？　地位でしょうか？

いいえ、それは安全です！

西日本安全サービスは、そんな社会のニーズに応える会社です。
24時間皆様の安全を保障し、個人や企業の大切なものを守る仕事を
私たちと一緒にしてみませんか？

資　　　格：未経験者可、要普通免許
教育制度：入社後研修有、各種資格取得可
待　　　遇：寮・社保完備、賞与年2回、交通費支給
応募方法：電話連絡の上、履歴書持参（電話受付9～17時）

西日本安全サービス（株）　電話 XX-9999-1111
大阪府○○市○○町1－2－3

1	保険会社
2	警備会社
3	運送会社
4	建築会社

🔊 10 番

送信日：20XX 年 10 月 11 日　9:18
送信者：スズキ商事株式会社　山本
件　名：ご注文の商品の件

サトウ電機　販売部　中山康夫様

いつもお世話になっております。
先般、ご注文いただいた商品ですが、設計の一部に不具合が見つかり、
原因解明のため調査を要することがわかりました。
そのため、現在、在庫品の出荷を見合わせております。
せっかくご注文をいただきましたのに、誠に申し訳ございません。

スズキ商事株式会社
山本裕一

1	問題点が見つかったため
2	在庫がなくなったため
3	生産をとりやめたため
4	生産ラインが止まったため

第２部　聴読解テスト
セクション３

PART 2　Listening & Reading Test　Section 3

解答・解説 ▶ 129～137ページ

練 習

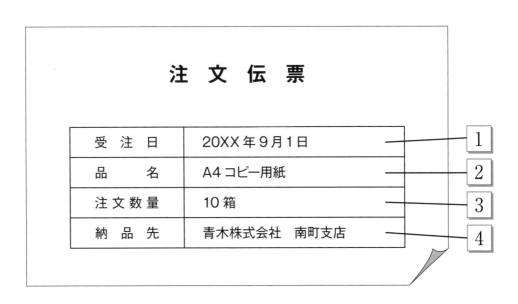

注　文　伝　票

受　注　日	20XX年９月１日	1
品　　　名	A4 コピー用紙	2
注 文 数 量	10 箱	3
納　品　先	青木株式会社　南町支店	4

🔊 1番

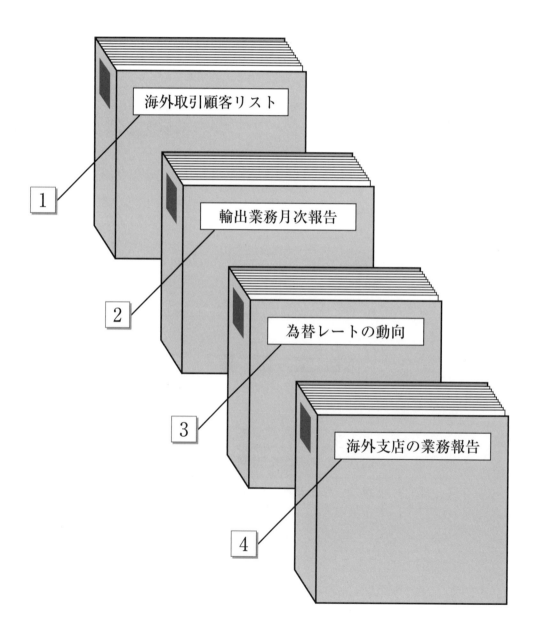

2番

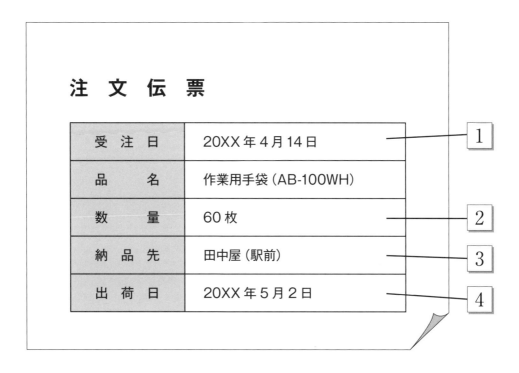

注 文 伝 票

受 注 日	20XX年4月14日	
品 名	作業用手袋（AB-100WH）	
数 量	60枚	
納 品 先	田中屋（駅前）	
出 荷 日	20XX年5月2日	

1

2

3

4

3番

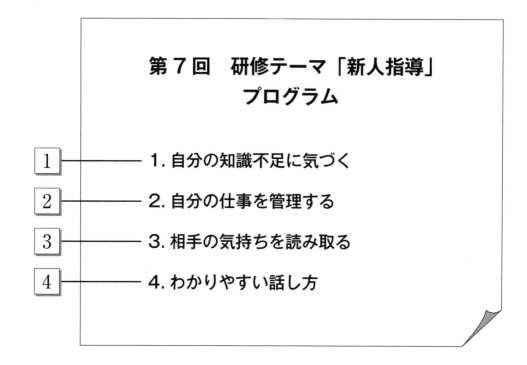

第7回　研修テーマ「新人指導」
プログラム

1　────── 1. 自分の知識不足に気づく

2　────── 2. 自分の仕事を管理する

3　────── 3. 相手の気持ちを読み取る

4　────── 4. わかりやすい話し方

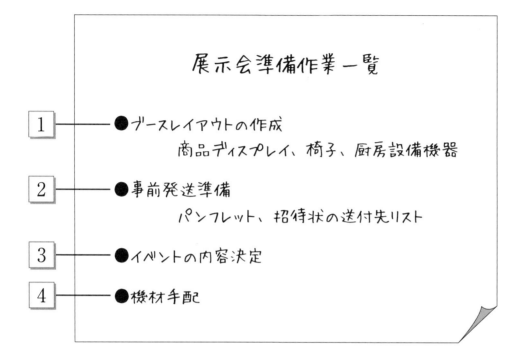

4番

展示会準備作業一覧

1 ●ブースレイアウトの作成
　　商品ディスプレイ、椅子、厨房設備機器

2 ●事前発送準備
　　パンフレット、招待状の送付先リスト

3 ●イベントの内容決定

4 ●機材手配

🔊 5番

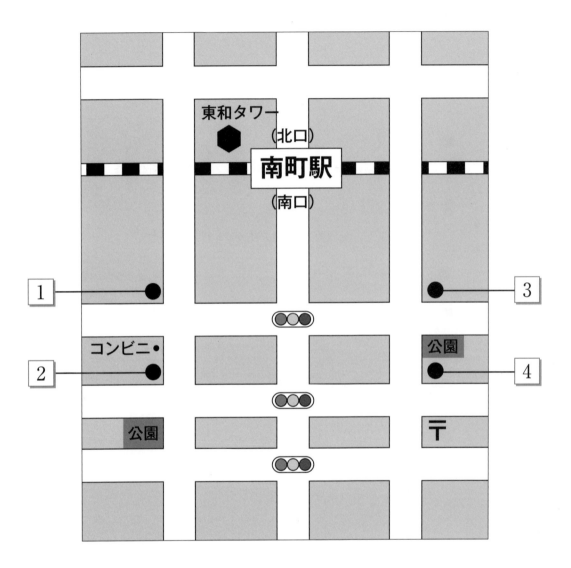

6番

20XX 年 5 月 15 日

株主各位

サクラ商事株式会社
代表取締役社長　山本　敦史

第85回定時株主総会招集のご案内

拝啓　時下ますますご清栄のこととお喜び申し上げます。
　さて、当社第85回株主総会を下記のとおり開催いたしますので、ご出席くださいますようお願い申し上げます。また、議決権の行使につきましては、別紙「議決権の行使についてのご案内」をご確認ください。

1

敬具

記

1. 日時：20XX 年 6 月 27 日（金）　午前 10 時

2

2. 場所：東京都○○区○○ 2 － 5　東都会館

3

3. 議題
　第 1 号議案　中長期経営方針
　第 2 号議案　取締役 3 名の選任の件

別紙：「議決権の行使についてのご案内」

4

以上

🔊 7番

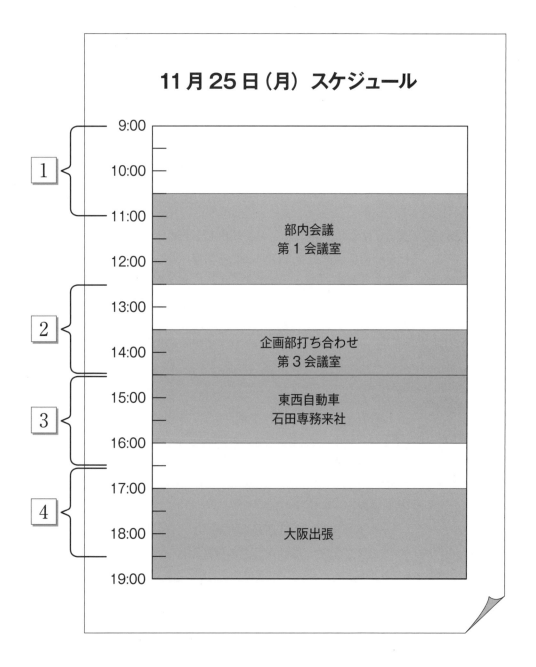

11月25日（月）スケジュール

部内会議
第1会議室

企画部打ち合わせ
第3会議室

東西自動車
石田専務来社

大阪出張

8番

ヒアリングの心得

(1)　事前準備の徹底

1　──・顧客に関する予備知識をインプットしておくこと

2　──・質問内容を明確にして、網羅的に洗い出しておくこと

(2)　ヒアリングの場面と、メモの取り方

3　──・顧客が話しやすい雰囲気作りを心がけること

4　──・後で読んでも分かりやすいメモ作りを意識すること
　　　　　○ 5W1H の読み取り
　　　　　○キーワードの確認
　　　　　○「事実」と「推論」の区別

9番

店舗強化策（案）
～売上低迷からの脱却～

1 ―――― 1．地域のニーズに即した商品展開

2 ―――― 2．新しい売り場の創設

3 ―――― 3．店員の接客マナー向上

4 ―――― 4．個別お届けサービス導入による顧客開拓

🔊 10番

① ── **事例から学ぶ　貿易取引のリスク管理**

② ── 講　　師：仲井　太郎

日　　時：20XX 年 6 月 30 日（木）

14：00 ～ 16：00

場　　所：貿易会館　大ホール

③ ── 主　　催：○○経済研究所

参 加 費：8,000 円

④ ── 申込方法：FAX または E-mail

FAX：03 － XXXX － XXXX

E-mail：info@xxx.xxx.jp

1	①と②
2	①と④
3	②と③
4	③と④

第３部　読解テスト
セクション１・２・３

PART 3　Reading Test　Section 1/2/3

解答・解説 ▶ 138〜155ページ

音声はありません。
問題を読んで答えてください。

次の文の_____に入れるのに最もよいものを1、2、3、4の中から1つ選んでください。

1番 当初、この条件に対し、先方は難色を_____が、交渉の結果、
契約にこぎつけた。
- 1 発した
- 2 出した
- 3 付けた
- 4 示した

2番 もう少し早く対策を立てていたら、販売数の前年割れは_____できただろう。
- 1 逃避
- 2 回避
- 3 退避
- 4 忌避

3番 転勤して一か月たちましたが、_____海外暮らしは初めてなもので、
四苦八苦しております。
- 1 なにやら
- 2 なにかと
- 3 なにとぞ
- 4 なにぶん

4番 社員の能力を_____、適材適所の配置を考えたい。
- 1 見極め
- 2 見限り
- 3 見切り
- 4 見通し

5番 開発に力を注ぎ、ようやく商品化にこぎつけた_____、この商品は売れない。
- 1 わりには
- 2 からには
- 3 からこそ
- 4 ことから

6番 製品が良くない＿＿＿＿＿、今回は予算的に難しいので購入を見送りたい。

- 1 ということはないので
- 2 といったところで
- 3 ということではないが
- 4 といったために

7番
A：今度の出張申請について、うまく通るよう部長に話をしておいたよ。
B：＿＿＿＿＿ありがとうございます。必ず良い結果を持って帰ります。

- 1 ご忠告
- 2 ご発言
- 3 ご配慮
- 4 ご注意

8番 主力企画の担当になったが、私には、やや＿＿＿＿＿が重いと感じる。

- 1 荷
- 2 口
- 3 腰
- 4 尻

9番 最近の製品の売れ行きは、市場が冷え込んでいるせいか、＿＿＿＿＿だ。

- 1 すっきり
- 2 あっさり
- 3 きっかり
- 4 さっぱり

10番 商品はまだ残っているが、大幅な値引きをして＿＿＿＿＿、売る気はない。

- 1 まで
- 2 さえ
- 3 でも
- 4 こそ

次の文の＿＿＿＿に入れるのに最もよいものを1、2、3、4の中から1つ選んでください。

1番

A：遠いところ、わざわざお越しくださいまして、ありがとうございました。
　　今、お茶をお持ちします。

B：どうぞ、＿＿＿＿。

1 ご遠慮なく

2 ご心配なく

3 お構いなく

4 お見逃しなく

2番

A：はじめまして。BMラジオの田中と申します。

B：あなたが田中さんですね。おうわさはかねがね＿＿＿＿。

1 伺ってまいります

2 伺っております

3 伺っていただきます

4 伺います

3番

＿＿＿＿、こちらにお名前をご記入いただけますでしょうか。

1 嫌でなければ

2 差し支えなければ

3 残念ですが

4 せっかくですが

4番

先日は資料をお送りくださりありがとうございました。
＿＿＿＿、資料を追加でもう1部お送りくださいますようお願いいたします。

1 お手数をおかけいたしますが

2 ご足労をおかけいたしますが

3 せっかくでございますが

4 お気の毒でございますが

5番

A：折り返し、お電話をいただきたいのですが、
　　連絡先は03－××××－1234までお願いします。

B：かしこまりました。確認のため、＿＿＿＿。

1 言い返します

2 繰り返し復唱いたします

3 復唱いたします

4 再度お伝えします

6番 本日はご講演いただきありがとうございました。
ただいまお車を＿＿＿＿＿＿＿ので、少々お待ちください。

- [1] 呼ばれました
- [2] 呼んでさしあげました
- [3] お呼びしました
- [4] お呼びになりました

7番 私、これから外出いたしますので、よろしければそのお手紙も＿＿＿＿＿＿＿。

- [1] お出しになりますか
- [2] お出しいたしませんか
- [3] 出してきてもいいですか
- [4] 出してまいりましょうか

8番 これが、常務ご自身で＿＿＿＿＿＿＿資料です。

- [1] お集めになられた
- [2] お集めされた
- [3] 集めてくださった
- [4] 集めてくださられた

9番 A：赤字続きなので、このような手当などを廃止してはどうだろうか。

B：＿＿＿＿＿＿＿ことはわかりますが、やはり、従業員にも生活というものが
ありますから、そこは慎重に考えたいと思います。

- [1] 申される
- [2] おっしゃる
- [3] おっしゃられる
- [4] 申し上げる

10番 このたびは、＿＿＿＿＿＿＿の創立記念パーティーにお招きくださり
ありがとうございました。

- [1] 弊社
- [2] 弊社様
- [3] 御社
- [4] 御社様

次の文章を読んで、質問に答えてください。

1、2、3、4の中から最もよいものを1つ選んでください。

1番

経理部の人からメールが届きました。

経理部の人は何をしてほしいと言っていますか。

送信者：経理部　山田一郎

日　時：20XX年3月9日（金）10:30

受信者：営業部　高橋弘

件　名：2月分の出張精算書の件

営業部　高橋様

お疲れ様です。
経理部　山田です。

標題の件、提出期限が2月28日（水）までとなっておりますが、
2月8日から9日の東京出張分と2月16日の京都出張分が
まだ提出されていません。
恐れ入りますが、事務処理ができませんので、
領収書を添付の上、至急、ご提出くださいますよう、お願いいたします。

経理部　山田一郎

内線1234
ichiroyamada@xxx.ne.jp

1　領収書を書くこと

2　出張の事務処理をすること

3　出張精算書を出すこと

4　出張精算書を訂正すること

2番

次のような手紙が届きました。
この手紙の用件は何ですか。

20XX 年 1 月 12 日

HARUFURU
森田　良子　様

拝復　貴店ご繁栄のこととお喜び申し上げます。平素は格別のご愛顧を
いただき、ありがとうございます。
　さて、1 月 10 日付でいただいたご注文の品は、予想外の売れ行きで現
在品切れとなっております。メーカーに問い合わせたところ、ただ今、
生産が追いつかない状況とのことです。せっかくご注文をいただいたの
ですが、納入期日のお約束ができない状態になっております。
　つきましては、後日商品の入荷があり次第、改めて当社からご連絡い
たしたく、誠に恐縮ですが、今回はご了承のほどお願い申し上げます。

敬具

インテリア 3D
営業部　中井　裕美

1	注文を受け付けたということ
2	注文分をただちには届けられないということ
3	注文分をキャンセルしてほしいということ
4	注文内容を変更してほしいということ

3番

次のようなメールが届きました。
講師の承諾について、いつまでに連絡が欲しいと書いてありますか。

送　信　者：株式会社マツダ　総務部　伊藤　花
送信日時：20XX 年 5 月 10 日　10：30
宛　　　先：ハイテック研究所　所長　田山　次郎
件　　　名：研修講師のお願い

ハイテック研究所
所長　田山　次郎　様

いつもお世話になっております。
株式会社マツダ　総務部　伊藤　花です。
早速ですが、例年お願いしております、技術部社員向けの研修講師について本年もお願いいたしたくご連絡いたしました。
社内行事との関係上、以下の日程で予定しております。先生のご都合をお聞かせいただき、調整を行いたいと考えております。勝手ながら、10 日以内に日程等についてお返事いただけるとありがたく存じます。
毎年、先生のご講演は好評であり、本年迎えました新部員も楽しみにしております。
ご繁忙の折、恐縮ですが、どうかお引き受けいただきますよう、よろしくお願いいたします。

　　　　日　　時　　20XX 年 6 月 20 日 (火)　午後 1 時から 3 時
　　　　講演内容　　会社の業績と技術の向上 (仮題)
　　　　謝　　金　　30,000 円 (交通費別途)

株式会社マツダ　総務部　伊藤　花

1　5月20日

2　5月30日

3　6月20日

4　6月30日

4番

取引先から、次のような文書が届きました。
何人で、どこの工場を見学したいと言っていますか。

20XX 年 5 月 1 日

株式会社アオバ
大阪支店　総務部
田中　三郎　様

京都商事株式会社

総務部　山田　京子

貴社工場見学のお願い

拝啓

　初夏の候、平素は格別のお引き立てを賜り厚く御礼申し上げます。

　さて、弊社もこの 4 月に新入社員を 10 名受け入れ、入社当日より研修を行ってまいりました。この研修の総括として、実際の現場見学を実施したいと存じます。

　つきましては、貴社の京都工場を見学させていただきたく、取り急ぎ書面にてお願いを送付いたします。

　ご繁忙の折、勝手申し上げますが、下記の期間に実施いたしたく、趣旨をご理解いただき、何卒、ご協力よろしくお願いいたします。

　なお、日程が確定しましたら、打合せにお伺いさせていただく予定です。

　ご不明な点等ございましたら、山田（TEL　×××－×××－××××）まで、ご連絡くださいますようお願い申し上げます。

敬具

記

希望日　20XX 年 6 月 1 日〜 25 日のうち、火・水・木の半日
見学者　弊社新入社員 10 名および引率として総務部山田

以上

1	10人で、京都商事株式会社京都工場
2	11人で、京都商事株式会社京都工場
3	10人で、株式会社アオバ京都工場
4	11人で、株式会社アオバ京都工場

5 番

取引先から、次のような文書が届きました。
どうしたいと言っていますか。

20XX 年 4 月 8 日

ナカモト産業
総務部長　白川太郎　様

コバヤシ精機
営業部長　山崎次郎

拝復
　貴社ますますご盛栄のこととお慶び申し上げます。平素はお引き立て
を賜り、厚く御礼申し上げます。
　さて、弊社の納入品について一律3％値下げしてほしいという貴社の
ご要望につきまして、早速検討し、ご希望に沿えないかと努力をいたし
ました。
　しかし、諸経費、特に最近の原油高に伴い輸送費が値上がりしており
ます。弊社といたしましては、現行の価格での取引続行をお願いしたく
存じます。どうぞよろしくお願い申し上げます。

敬具

1　価格を上げたい

2　価格を下げたい

3　価格を変えたくない

4　取引をやめたい

6 番

次の文書は、ある会議の議事録です。

この会議のあと、まず何をすると言っていますか。

20××年3月31日

記録者　田中

議事録

1、日時　20××年3月28日（火）14：00 ～ 16：00

2、場所　第2会議室

3、出席者　山下課長、佐藤、木村、山本、田中

4、議題　クレーム対応について

5、決定事項

　　問題解決のために、スタッフがマニュアルを熟知して対応できるようになることが必要だと考えられる。そのために次のことを行う。

　・過去のクレーム内容を分析、集計して、それをもとに対応マニュアルを作成する。

　・スタッフにマニュアル内容を周知する。

　・スタッフにクレーム対応の研修会を定期的に行う。

6、資料　先月のクレーム情報とその対応一覧

7、次回予定　20××年4月27日（木）14：00 ～ 16：00

1　スタッフにマニュアルを熟知させる

2　クレーム内容の分析・集約を行う

3　クレーム対応のマニュアルを作成する

4　スタッフの研修会を開催する

7番

取引先から、次のような文書が届きました。
内覧会に参加するためには、どうしますか。

20XX年4月1日

販売店各位

TKD株式会社
家電製品事業部

拝啓　時下ますますご発展のこととお慶び申し上げます。平素より当社製品の販売に格別なご尽力を賜り、厚く御礼申し上げます。
　さて、今年も夏物商品の販売シーズンを迎えます。昨年ご好評いただきました冷風機には、さらに洗練されたデザインと新たな機能を加えた商品を取り揃えました。
　つきましては、皆様にご高覧いただき、本年度の販売および仕入れのご参考に供したく、下記のとおり展示内覧会を開催いたします。ご多用のところとは存じますが、万障お繰り合わせの上ご来場賜りますようご案内申し上げます。

敬具

記

日　時　：　20XX年4月20日（水）　10:00 ～ 16:00
場　所　：　グランドホテルプラザ　10階　鳳凰の間
※なお、ご来場いただける場合は、同封いたしました「参加申込書」に必要事項をご記入の上、4月15日までにファックスにてお送りください。お問い合わせはメールまたは電話でお願いいたします。

以上

TEL ／ 03-XXXX-5678
FAX ／ 03-XXXX-5679
Email ／ yamada@xxx.co.jp
担当：山田

|1| 電話で申し込む

|2| FAXで申し込む

|3| メールで申し込む

|4| 直接会場で申し込む

8番

取引先から次のような手紙がきました。
手紙の趣旨は何ですか。

前略

今朝ほど、貴社にお伺いしましたところ、田中様が怪我を
して入院されたと聞いて、たいへん驚きました。幸い手術は
成功したとのこと、ひとまずは安心いたしましたが、その後
のお加減はいかがでしょうか。

お聞きしたところによると、突然の事故だったとのことで、
その時の恐怖をお察しすることもできません。どうぞ、今は
完治に向けてご療養に努められ、一日も早くご回復なさいま
すよう、心よりお祈り申し上げます。

本来は、お見舞いにお伺いすべきところですが、静かに養
生なさるのが大切と思いまして失礼いたしました。別便にて
心ばかりのお見舞いの品をお送りいたしましたので、どうぞ
お納めください。

取り急ぎ、書中をもちましてお見舞い申し上げます。

草々

二〇××年十月十一日

ABC商事株式会社
営業部長 山田 政美

田中商事株式会社
田中 良太 様

1	入院したことの知らせ
2	手術成功の祝い
3	入院に対する見舞い
4	品物を送った連絡

9番

次のようなメールが届きました。
この会社が最も厳しく制限していることは何ですか。

To　従業員各位（一斉送信）
From　総務
Subject　内部情報の取り扱いについて

従業員各位

お疲れ様です。
総務部森田です。

標題の件に関して、わが社の内部情報が漏えいするというミスがありました。
以後、以下の点に注意し、改善を図ってください。

①机の上に書類を放置したまま、席を立たない。
　席を立つときは、書類を机にしまって施錠するように心がける。

②外回りに出るとき、社外秘の書類を持っていかない。
　どうしても持ち出す場合は、取り扱いに留意する。

③USBメモリなどでデータを持ち出さない。
　データを社外に持ち出すことはいかなる理由があっても禁じる。

④機密情報を扱う社員は主任以上であり、外部委託社員に任せてはいけない。
　どうしても任せなければならない場合は、総務部に相談すること。

以上、再度周知徹底をお願いします。

1	机の上に書類を置いたまま、席を立つこと
2	外出先に、社外秘の書類を持ち出すこと
3	電子データを社外に持ち出すこと
4	機密情報の扱いを外部委託社員に任せること

10番

取引先から、次のような文書が届きました。
価格改定の理由は何だと言っていますか。

20××年8月1日

株式会社サノマ
営業部長　田中　誠　様

ヤマダ商事株式会社
営業部長　加藤　聡

オフィス家具　価格改定のお願い

拝啓　貴社益々ご清栄のこととお喜び申し上げます。毎度格別のご愛顧を
いただき、厚く御礼申し上げます。
　さて、当社では、数年前より原材料、人件費が高騰する中、生産拠点を
人件費の安い国へ移すなどの企業努力により、価格を据え置きにしてきま
した。
　しかし最近、海上運賃の値上がりが相次いでおり、当社といたしまして
も不本意ながら価格改定を実施することとなりました。
　つきましては、誠に勝手ではございますが、来る9月1日から別紙のと
おり卸価格を改定させていただきたく存じます。
　何卒事情をご賢察いただきご協力のほどよろしくお願い申し上げます。

敬具

1　原材料が値上がりしたため

2　人件費が高騰したため

3　生産拠点が変わったため

4　輸送費用が増大したため

解 答 用 紙

第1部　聴解テスト

セクション1		セクション2		セクション3	
問題	解答欄	問題	解答欄	問題	解答欄
1		1		1	
2		2		2	
3		3		3	
4		4		4	
5		5		5	
		6		6	
		7		7	
		8		8	
		9		9	
		10		10	

第2部　聴読解テスト

セクション1		セクション2		セクション3	
問題	解答欄	問題	解答欄	問題	解答欄
1		1		1	
2		2		2	
3		3		3	
4		4		4	
5		5		5	
		6		6	
		7		7	
		8		8	
		9		9	
		10		10	

第3部　読解テスト

セクション1		セクション2		セクション3	
問題	解答欄	問題	解答欄	問題	解答欄
1		1		1	
2		2		2	
3		3		3	
4		4		4	
5		5		5	
6		6		6	
7		7		7	
8		8		8	
9		9		9	
10		10		10	

総得点	
	/80

What's the BJT?

1 BJTビジネス日本語能力テストの意義・役割

　日本語を上手に使える外国人は少なくありません。何の支障もなしに生活をしている人が大勢います。では、そういう人たちは、日本のビジネス社会でも、何の支障もなく生きていけるでしょうか。答えはノーです。日常社会とビジネス社会とで違いがあるからです。

　ビジネス社会では、日常生活ではあまり使うことのない専門用語が使われることがあります。勤務先では上下関係が存在しますので、日常生活で友達に話すのとは違った表現が求められます。また、取引先に対しても、日常生活では使わないような決まり文句による表現が必要になることがあります。このような専門用語や表現法は、意識していないと身につかないものです。

　さらに、言語行動において求められる意識も、ビジネス社会と日常社会では異なっています。わかりやすく極端な例を出しましょう。日常生活の中では少々の誤解はよくあることで、大きな問題にはなりません。例えば、友達と会う約束をしたとき、午前と午後を間違えた結果、会えなくても笑い話で済みます。しかし、ビジネス現場では同様の誤解は大問題になります。ビジネス社会で、他人とコンタクトを取ることはとても重要な意味を持つので、約束をする段階から強い緊張感を持って行動することが要求されます。

　このような例からもわかるように、ビジネス社会での日本語の使用は、単に日本語ができれば十分だというわけにはいかないのです。一般的に日本語ができるというのは、いわば、日本語における基礎力があると思えばよいでしょう。ビジネス社会では、その基礎力にプラスアルファとしての言語能力が要求されると考えられます。そして、そのプラスアルファの力は、あとで説明しますが、かなり多くの複雑な内容を含んでいるのです。

　ところで、現在、ビジネス活動はますますグローバル化しています。その結果、さまざまな、国籍、人種、業種・職種の人々が協同で仕事をする機会が増えました。さまざまな人々が協同で仕事をすれば、多くの知恵が結集され、広範な地域に通用する質の高いビジネス活動が可能になります。日本のビジネス社会でも、そうした考えに立って、外国人の力を求めているのです。

　しかし、そのとき、日本人と外国人の間で、コミュニケーションが満足に行われないのであれば、ビジネス活動も中途半端なものになってしまいます。それどころか、場合によっては時間や労力の無駄になるだけということもあるでしょう。ですから、日本のビジネス社会が求めている外国人とは、日本語によるコミュニケーション能力を持っている人物なのです。

　ただ、先に述べましたように、日本語を使えるだけでは、ビジネス社会でのコミュニケーション能力を保証できません。ビジネス社会で通用する能力を持っていることを保証するためには、一般的な日本語能力の尺度とは別のものさしが必要なのです。ビジネス社会でのコミュニケーション能力を客観的に測定し、評価する尺度、それがBJTなのです。つまり、BJTは、日本語を母語としない人に対して、ビジネス現場における日本語によるコミュニケーション能力をどの程度持っているかを測るテストなのです。

　したがって、BJTの受験者としては、日本語を母語とせず、日本語を外国語として、あるいは、第二言語として学習・習得しているビジネス関係者、および日本のビジネス社会で働くことを目指している学生を対象の中心としています。ただし、受験資格は定めていませんので、どなたでも受験することができます。

1 BJT 商務日語能力考試 的意義、作用

能熟練地運用日語的外國人不少，很多人都能無礙地生活。但是這樣的人們，就算身處在日本商務社會是否也同樣能毫無窒礙地生存呢？答案為否，因為日常社會與商務社會是有差異的。

在商務社會，會使用日常生活中不太常用到的專業術語。工作場合存在著職場輩分關係，因此談話表現要求與日常朋友對話不同。此外，在面對往來客戶時，也同樣必須使用日常生活中不會用到的慣用句。像這些專業術語或表現方式，若不有意識地記憶是學不起來的。

再者，語言行為所要求的意識，於商務社會或日常社會也有所不同。舉一個簡單的極端例子：日常生活中不乏一些小誤會，都不會造成太大的問題。比方說與朋友約見面，弄錯了上午或下午，結果就算見不到面也能一笑置之。然而實際在商務場合，同樣的誤會卻會造成嚴重問題。商務社會中，在與他人聯繫這件事上有著非常重要的意義，因此必須從約定的階段便抱持高度的緊張感行動。

由上述的例子可以得知，在商務社會使用日語，並非單純只要會日語就足夠。一般而言的會日語，可以想作是具備基礎的日語能力；在商務社會，除了基礎能力之外，額外的語言能力也受到要求。而這額外的能力包含了相當多複雜的內容，留待後述說明。

話說回來，現今的商務活動日趨國際化，造就了形形色色的國籍、人種、產業或職業之人協同工作的機會增加。一旦各式各樣的人協同工作，就可以集結許多智慧，進行通用於廣泛地區的高品質商務活動。日本的商務社會也是站在這樣的想法上，尋求外國人的力量。

然而，此時若日本人與外國人之間的溝通交流不足，商務活動也會進行得不倫不類。不僅如此，依情況有時還可能白費時間和勞力。因此日本商務社會所尋求的外國人，是具備日語溝通能力的人。

不過如先前所述，光只是會日語，無法保證就會商務社會上的溝通能力。為了確保具備通用於商務社會的能力，就必須要有一套與一般日語能力的衡量尺度不同的標準。客觀地檢測、評價商務社會溝通能力的標準，就是 BJT。換言之，BJT 是針對非以日語為母語的人，測定於實際商務場合的日語溝通能力具備到何種程度的考試。

因此，BJT 的應試對象是以日語非母語，而是作為外語或第二外語學習、習得的商務相關人士，以及志在進入日本的商務社會就業的學生為中心。不過並無限定應試資格，任何人都可以參加考試。

2 ビジネス日本語能力とは

では、ビジネス社会で必要とされる日本語のコミュニケーション能力とは、どのような能力なのでしょうか。

そもそもビジネス社会で必要な能力と言うと、日本のビジネスに関する専門的な知識を持っていることが必須だと思われるかもしれません。しかし、BJTでは、そういう知識はなくてもよいと考えます。たとえ、自分が知らない専門的知識に出あったり、自分が知っている専門的知識と異なる知識に出あったりしても、それについて、日本語を使って説明したり、質問で解決したりすることができる力があればよいと考えています。なぜなら、日本人であっても知らないことに出あうことはあり、その場合、周囲の人とのコミュニケーションによって解決しているからです。

つまり、知識の量よりも、日本語を使って、お互いの知識を伝え合い、互いに共有することができる技能が重要です。ビジネスの現場で生じた課題に対して、協力し合って的確に処理し解決できる能力こそが求められるものです。

ただし、BJTが対象とする世界は、文化的背景の異なる人間の間での情報伝達ですから、決して簡単ではありません。しかし、その難しさを乗り越えて、ビジネス活動において、協力的、建設的に、異文化の相手と日本語を使ってコミュニケーションをする技能こそが、BJTで測定しようとする能力なのです。

このコミュニケーション能力には、企業内の人間との会話、取引先の人や顧客との会話だけではなく、そうした人たちと文書、データなどをやりとりする場面で適切な読解と表現ができる言語能力も含まれます。

また、会話や情報のやりとりの中では、ビジネス活動上の課題が生じることが多々あります。例えば、上司や取引先から、なんらかの要求があったとします。その要求にどのように対応するか、というのは1つの課題です。あるいは、文書における問題点を発見し、訂正する必要が生じる場合もあります。そのときの処理の仕方も1つの課題です。そうした課題に対して適切に行動する能力も、当然、BJTで取り上げるコミュニケーション能力に含まれます。

さらに、ビジネス現場での日本語には、日本のビジネス現場独特のものが存在しています。例えば、取引先に「検討しておきます」という表現で断りの意味を表したり、会議で「この案には大きなリスクがあります」と事実を述べる形式で反対の意思を示したりすることが行われます。このような表現のあり方には、日本の文化的背景がかかわっていると思われます。その意味で、かなり難度の高い言語処理能力が要求されますが、こうした処理能力も、日本語コミュニケーション能力の重要な一部です。

なお、ここまでのコミュニケーションの説明では、言語を直接に扱う言語的コミュニケーションを例に挙げてきましたが、実際には、非言語的なコミュニケーションも含まれます。例えば、あいさつの際のお辞儀、賛意を示す拍手、取引先の人を案内するときの立ち位置などには、パターン化されたものがあり、それを逸脱するとトラブルが起こりかねません。こうした行動を場面や状況に応じて適切にできることは、ビジネス現場では直接的な言語表現におとらず、必要な能力だと考えられます。

以上から、ビジネスに必要な日本語のコミュニケーション能力とは、「言語的・非言語的な情報を認識して、その情報の意味を読み取り、ビジネス活動上の課題に対して、場面・状況を踏まえて適切に行動することができる能力」だと言うことができます。

2 何謂商務日語能力

那麼，商務社會所需要的日語溝通能力，究竟是什麼樣的能力呢？

說起來，提到在商務社會必備的能力，一般也許都認為必須具備關於日本商務的專業知識。可是 BJT 就算沒有那些知識也沒關係。假使出現了自己不懂或與自己認知不同的專業知識，這一點只要具備能以日語解釋、靠發問解決的能力就可以了。這是因為就算是日本人也會碰上不懂的事情，這種情況下就會靠著與周圍的人溝通來解決。

換言之，比起知識量，能夠使用日語傳達、相互共享彼此知識的技能才更重要。面對實際在商務場合產生的問題，需求的是能夠彼此合作而確實處理、解決的能力。

但是，BJT 針對的商務世界，因為是要在文化背景相異的人們之間傳遞資訊，這絕非易事。而能克服這個難關，於商業活動上同心協力地、有建設性地與異文化對象使用日語交談的技能，正是 BJT 所要檢測的能力。

這種溝通能力，不僅限於與企業界人士、往來客戶或顧客對話，也包含了與這些人以文書、檔案等往來時，能夠貼切地解讀和表達的語言能力。

此外，在會話與情報往來當中，商務活動上經常會衍生出諸多課題。比如，上司或往來客戶提出了些要求。要如何應對該要求是一個課題。又或者，有時候在文書中發現問題點而必須修改，這種情況下的處理方式也是一個課題。對於這些課題做出恰當行動的能力，當然也包含在 BJT 所著重的溝通能力之中。

更進一步來說，實際在商務場合使用的日語，有著日本商務場合的獨特用詞。例如：向往來客戶說「我們會考慮」此種表現意為拒絕；於會議上以「這個案子有很大的風險」的形式陳述事實則意為反對。像這些表現方式，跟日本的文化背景有關。就這層面而言，需要相當高難度的語言處理能力；而這樣的處理能力也是日語溝通能力中的重要一環。

此外，關於溝通的說明，到目前為止舉的都是直接使用語言的例子，但實際上還包含了非語言的溝通。例如，打招呼時的鞠躬、表示贊同的拍手、接待往來客戶時站立的位置等，都有模式化的做法，要是偏離了模式就可能引發麻煩。依照場合或情境，恰當地採取行動，在實際商務場合是重要性不遜於直接性言語表達的必要能力。

綜合上述，商務上必備的日語溝通能力，可以說即是「認知語言、非語言資訊，領會該資訊的意思，面對商務活動上的課題，依據場合、情境採取恰當行動的能力」。

ここまでに述べたように、ビジネスに必要な日本語のコミュニケーション能力を測定するのがBJTの基本的な考え方です。そして、その考え方を実際のビジネスシーンに当てはめて、求められる能力に関して整理しなおすと、次のようにまとめることができます。

（1）ビジネス場面における、日本語によるコミュニケーション能力
（2）自分が持つビジネス知識やビジネス戦略を発揮するための言語行動能力
（3）日本のビジネスや商習慣に対し、日本語を使って適切に行動する異文化調整能力

この3点の能力の測定を行うためには、いくつかの視点からの測定が必要だと考えられます。

例えば（1）の「日本語によるコミュニケーション能力」の場合で考えてみましょう。上司が「例の仕事、もうできたの」と言ったとします。部下は、言葉の意味として、「○○の仕事は終わったか」という質問だと理解する力が必要です。そして、○○が何を指しているのかがわからなければなりません。そのためには、その時点における、自分を取り巻く仕事の状況が認識されなければなりません。さらに、上司の言葉の意図を読み取らなければなりません。言葉は、質問の形をとっていますが、その意図には、単なる質問、確認、あるいは、催促の可能性があります。正確な意図を読み取り、その上で、どのように対応するか、状況報告でよいのか、謝罪するとともにすぐにその仕事に取りかかるのか、判断しなければなりません。そして、報告の場合には、上司に対してふさわしい言語表現形式を選んで報告する必要があります。

このように一見単純なコミュニケーションにおいても、「情報の意味を理解する」「状況を認識する」「情報の意図を読み取る」「意図に応じた対応を判断する」「適切な言語表現を選択する」といった多くの能力が必要なのです。つまり、「日本語によるコミュニケーション能力」とひとくちに言っても、その能力には、さらに多くの細かな能力が関連しているのです。

したがって、上記の（1）～（3）に挙げた能力それぞれに単純に対応する1種類ずつのテスト問題を作る方法では、正確な能力測定はできません。そこで、3点の能力をより細かな能力に分解して、それらを測定するほうが合理的だと考えました。

その細かな能力として取り上げようとしているのは、次の7つです。

①場面・状況を認識する力
②情報の意味・意図を読み取る力（受容）
③課題に合った対応力（表現・行動）
④ビジネス文書にかかわる処理能力
⑤言語の基礎力（語彙・文法、敬語・待遇表現）
⑥未知の語句に対する処理能力
⑦日本的商習慣への異文化調整能力

①は、ビジネスシーンそのものを認識できる能力です。例えば、感謝も謝罪も、頭を下げるという共通点が認められます。しかし、両者は全く異なる目的のためになされる行為です。コミュニケーション上、重要なのは、何をしているかということ以上に、何のためにしているかという目的が認識できることです。ビジネスシーンには、常に目的があり、その目的達成のために活動が行われています。よって、どのような目的の場面・状況であるかを認識することがコミュニケーションの基本にあるのです。

②は、いわば、情報を読み取る力です。情報の意味の理解だけでなく、発言の意図、文書の趣旨

3 藉由 BJT 進行測定的能力

如前所述，測定商務上所必需的日語溝通能力，即是 BJT 的基本概念。而若將此概念套用於實際的商務情境，重新整理出所需的相關能力，可以歸納出以下結果：

（1）在商務場合中，使用日語進行溝通的能力
（2）發揮自身商務知識或商務策略的語言行動能力
（3）對於日本的商務和經商習慣，使用恰當的日語，對不同文化自然調節的能力

為了檢測這三項能力，必須以幾種觀點加以評測。

例如，以（1）「在商務場合中，使用日語進行溝通的能力」的情境思考看看。假設上司問：「那件工作，已經做好了嗎？」下屬必須有能力就言語意思上，理解上司提問的是：「○○工作完成了嗎？」接著，必須領會○○所指的是哪件事情。為此，當下就必須清楚認知自己所參與的工作狀況。再進一步，更要能夠讀懂上司的言下之意。句子雖然是詢問的方式，但話中之意有可能是單純的詢問、確認進度，又或者是在催促進度。正確讀出話中含意，再選擇採取哪些行動；是否只報告工作進度，或者道歉之後馬上著手工作，都必須加以判斷。而若要報告，也必須以適當的措詞向上司報告。

即使是這樣看似簡單的溝通過程中，就必須具備「理解情報資訊含意」、「認知狀況」、「領悟情報資訊的意圖」、「因應對方的意圖採取行動」、「選擇適當的措詞」如此多元的能力。換言之，雖然簡單以「使用日語進行溝通的能力」概括，但其中包含了許多互相牽連的細項。

因此，對於先前列舉的能力（1）～（3），若單純以各自分別測驗的形式，是無法正確測出實力的。於是，將這三項能力分成細項，再加以測驗會更加準確。

細分之後的七種能力如下：

①對於場合、狀況的認知能力
②對於資訊之意思、含意的解讀能力（接收）
③符合課題的應對能力（表現、行動）
④有關商務文書的處理能力
⑤基礎的語言能力（詞彙、文法；敬語、言語尊卑表現）
⑥對於未知語句的處理能力
⑦對於日本的經商文化的調適能力

①是能夠認知商務場合的能力。例如，感謝和謝罪的共通點在於都需要低頭，然而兩者目的卻完全不同。在溝通上，比起認知正在做什麼，能夠認知為了何種目的而做才是最重要的事。商務場合通常皆有目的，且為了達成目的而採取行動。因此，理解場合、狀況所為之目的，為溝通的基本。

②也就是解讀資訊的能力。不單是領會資訊的意思，而是包含發言的含意、文書的宗旨等，資訊傳遞方以何種意圖傳遞訊息，這些事項皆需要解讀的能力。對方希望自己達到的事、那份文書是為了表達什麼而撰寫的，若無法正確理解這些事，溝通就無法成立。接收到的資訊中，傳遞方希望己方達成的項目課題，又或者己方必須自發完成的課題，為了理解，解讀的能力是必要的。

③是將在②所解讀到的課題加以應對的能力。解決課題的方法，有使用言語應對，也就是語言表現的場合，以及需要採取行動的場合。此項目即是無論哪種場合，對於自身應當處理的課題都能應對得宜的能力。

④是關於視覺資訊的處理能力。職場上經常

など、情報の送り手がどのようなねらいを持って情報を発信しているのかをも含めて読み取る力です。相手が自分に何を求めているのか、その文書は何を伝えるために作られたものなのか、これを正しく理解できないとコミュニケーションは成り立ちません。その発信された情報から、情報の送り手が自分に求めてきた課題、あるいは、自分が自発的に達成しないといけない課題を読み取ることが必要です。

③は、②で読み取った課題に対応する力です。課題を解決する方法としては、言語による対応、つまり言語表現の場合と、行動による対応の場合とがあります。いずれにしても、自分がすべき課題に対して、適切に対処できるかという力のことです。

④は、視覚情報についての処理能力です。ビジネスでは、図表やグラフ、文章などさまざまな視覚データが扱われます。そうした視覚情報を正しく認識・把握するには、それなりの能力が必要です。特に、文書などでは、日本流の習慣による形式や表現法もあります。そうしたことへの対処も含めて、的確に情報を処理する能力のことを指しています。

⑤は、いわゆる言語能力です。ここでは、特に、語彙・文法、敬語・待遇表現の能力を取り上げます。その理由は、ビジネス社会での語彙・文法、敬語・待遇表現が、日常生活の日本語とは異なることがあり得るからです。ビジネス用語、あるいは、ビジネス社会ならではの言い回しが存在します。敬語や待遇表現は、ビジネス社会では重要で、日常生活よりもはるかに頻繁に使われ、かつ、独特の表現もみられます。その意味で、ビジネス社会に即した言語能力を取り上げる必要があるのです。

⑥は、ビジネスシーンで、知らない語句に出あったときに適切に対処できるかという能力です。ビジネス社会では、⑤でも述べたように、独特の語句が使われることがあります。そのため、自分が知らない語句に出あう可能性は決して小さくはありません。そのとき、全体の場面・状況や文脈を分析し、その中で未知の語句の意味を推測する方法をとります。そのような能力も不可欠です。

⑦は、外国の人にとって、自分とは異なる習慣や文化に対応できる能力です。日本のビジネスシーンにおける言語行動のありようには、日本独自のものも少なからず認められるようです。また、受験者もさまざまな国・地域の人がいるわけで、それぞれの商習慣を持っていて、日本とは異なる可能性があります。お互いに異なる商習慣やそれに従った言語行動の問題をどのように解決していくかは重要な課題です。

BJTでは、以上7つの能力を出題内容に織り込んで、ビジネスシーンで必要な日本語の能力を測ろうとしているのです。

4 テストの形式
（問題構成・出題形式）

❶ テストの問題構成

出題内容を説明する前に、問題構成と出題形式の考え方を説明しましょう。

BJTは次ページの表のように、3つのパートによって構成されています。「第1部 聴解テスト」「第2部 聴読解テスト」「第3部 読解テスト」の3つです。また、それぞれのパートはさらに3つずつのセクションに分けられています。問題は全部で80問で、テストの時間は約105分です。問題は80問すべてが、4つの選択肢から最もよいものを1つ選ぶ方式です。ただし、テストの時間は目安であり、テストの実施ごとに、わずかですが、変動があります。

使用圖表、圖形或文章等各式各樣的視覺數據。
要正確認知、掌握這些視覺資訊，必須具備相對
的能力。特別是在文書形式上，日本有固定的形
式與表現方法。此項目即是包含上述情形的處理
能力在內，掌握要點處理資訊的能力。

⑤即是語言能力。在此特別列舉出詞彙、文
法，和敬語、言語尊卑表現的能力。這是由於商
務社會中的詞彙、文法、敬語、言語尊卑表現，
與日常生活中使用的日語不同。商務用語，又或
可說，商務社會擁有獨特的遣詞用字。而敬語和
言語尊卑表現，在商務社會中十分重要，相較於
日常生活中使用更加頻繁，並且擁有獨特的言語
表現。因此，在商務社會必須具備適切的語言能
力。

⑥是在商務場合中遇到了不清楚的語句時，
能否適當處理的能力。如⑤所述，在商務社會將
使用到特殊的語句。因此，出現自己不懂的語句
是常有之事。當遇到這種情況，分析整體場合、
狀況、文脈，推測出未知語句的含意，這樣的能
力是不可或缺的。

⑦是對於外國人來說，就算碰到與自己不同
的習慣或文化也能應對的能力。日本的商務場合
有其特殊的語言行為，然而認同日本獨特文化的
人並不在少數。再者，由於應試者來自各國、各
地，各自的經商文化也可能和日本不同。如何解
決相互文化差異，以及遵循文化而產生的語言與
行為所產生的問題，也是一項重要的課題。

BJT 的目的即是兼顧以上七種能力，檢測在
商務場合下是否具備足夠的日語能力。

4　測驗形式
（考題構成、出題形式）

❶ 測驗的考題構成

在說明考題內容前，先介紹一下考題構成和
出題形式的概念。

BJT 如下頁表格所示，由三個部分構成。「第
1 部　聽解測驗」、「第 2 部　聽讀解測驗」、「第
3 部　讀解測驗」這三種。另外，各自又再進而
細分成三個小部分。考題共有 80 道題，考試時
間約為 105 分鐘。80 道考題的答題方式皆為從
四個選項中選出一個最適當的答案。不過，考試
時間僅供參考，每次實施的考試皆有些許變動。

パート		セクション		形式		選択肢	問題数	時間
第1部	聴解テスト	1	場面把握問題	写真	音声	音声	5	約45分
		2	発言聴解問題	写真	音声	音声	10	
		3	総合聴解問題	イラスト	音声	音声	10	
第2部	聴読解テスト	1	状況把握問題	写真	音声	文字	5	約30分
		2	資料聴読解問題	視覚資料	音声	文字	10	
		3	総合聴読解問題	視覚資料	音声	文字	10	
第3部	読解テスト	1	語彙・文法問題	文字	文字	文字	10	30分
		2	表現読解問題	文字	文字	文字	10	
		3	総合読解問題	視覚資料	文字	文字	10	
合計							80	約105分

❷ セクションごとの出題形式

第1部（聴解テスト）

○セクション1（場面把握問題）

　セクション1は5問あります。画面に提示された写真を見て、それがどのような場面であるかを判断します。解答は、音声による4つの選択肢の中から正解を選ぶ形式です。

　ビジネスにおけるコミュニケーションシーンを見て、「場所、人、ものを参考にして、どういうことが行われている場面なのか」を把握する能力、および、それに相当する音声情報を聴き分ける能力を測る問題です。

○セクション2（発言聴解問題）

　セクション2は10問あります。画面に写真が提示され、それに音声による状況の説明が加えられます。そのシーンでどのような話し方をするのがふさわしいかという音声の設問に対して、音声による4つの選択肢の中から正解を選ぶ形式です。

　ビジネスコミュニケーションの場にふさわしい対応、あるいは、人間関係や場面に合った表現をする能力を測る問題です。

○セクション3（総合聴解問題）

　セクション3は10問あります。画面にイラストが提示され、はじめに音声による状況説明と設問が流れます。そのあと、音声による会話ないし独話を聴いた上で、設問で示された課題に対して、音声による4つの選択肢の中から正解を選ぶ形式です。

　ビジネス場面で、会話・独話の内容を聴き取って、情報の意味を理解する能力、および、日本語による課題を達成するための総合的な聴解力を測る問題です。

第2部（聴読解テスト）

○セクション1（状況把握問題）

　セクション1は5問あります。画面に写真が提示され、音声による状況説明と設問が流れます。そのあと、会話の内容を聴き取って、設問（多くは話題の特定）に対する解答を判断します。解答は、文字による4つの選択肢の中から正解を選ぶ形式です。

部		節		形式		選項	問題數	時間
第 1 部	聽解測驗	1	情境掌握問題	照片	聲音	聲音	5	約 45 分鐘
		2	發言聽解問題	照片	聲音	聲音	10	
		3	綜合聽解問題	插圖	聲音	聲音	10	
第 2 部	聽讀解測驗	1	狀況掌握問題	照片	聲音	文字	5	約 30 分鐘
		2	資料聽讀解問題	視覺資料	聲音	文字	10	
		3	綜合聽讀解問題	視覺資料	聲音	文字	10	
第 3 部	讀解測驗	1	語彙、文法問題	文字	文字	文字	10	約 30 分鐘
		2	表現讀解問題	文字	文字	文字	10	
		3	綜合讀解問題	視覺資料	文字	文字	10	
合計							80	約 105 分鐘

❷ 各小節的出題形式

第 1 部（聽解測驗）

○ Section 1（情境掌握問題）

第 1 小節共有 5 題。參考畫面所提供的照片，判斷為何種情境。答題形式為，從聲音提出的 4 個選項中選出正確答案。

考題檢測的是在商務溝通情境下，掌握「參考地點、人、物之後，判斷為何種情境」的能力，以及是否具備足夠理解聲音資訊的能力。

○ Section 2（發言聽解問題）

第 2 小節共有 10 題。畫面提供照片，再以聲音說明狀況。答題形式為，以聲音提問在該情境下何種說話方式才最為適當，從聲音提出的 4 個選項中選出正確答案。

考題檢測的是在商務溝通情境下能否做出適當對應，或者能否作出符合人際關係及場合的表現。

○ Section 3（綜合聽解問題）

第 3 小節共有 10 題。畫面會提供插圖，一開始先播放聲音說明狀況與提問。之後，聆聽會話或獨語的內容，針對提問裡出示的課題，從聲音提出的 4 個選項中選出正確答案。

考題檢測的是在商務場合中，聽取會話、獨語的內容並理解資訊意思的能力，以及以日語達成課題的綜合聽解能力。

第 2 部（聽讀解測驗）

○ Section 1（狀況掌握問題）

第 1 小節共有 5 題。畫面會提供照片，並播放說明狀況與提問的聲音。之後，聆聽會話內容，針對提問（多為釐出話題主旨）判斷答案。答題形式為，從 4 個文字選項中選出正確答案。

考題檢測的是聆聽和自己無直接關係的會話內容，理解資訊意義的能力。

自分が直接関与していない会話の内容を聴き取って、その情報の意味を理解する能力を測る問題です。

○**セクション2（資料聴読解問題）**

セクション2は10問あります。画面に視覚資料（文書や図表など）が提示され、その視覚資料の説明と設問が音声で流れます。そのあと、設問で出された課題に対して、文字による4つの選択肢（図表などの一部の場合もある）の中から正解を選ぶ形式です。

文書や図表を見て、音声によって指示された課題を達成する能力を測る問題です。

○**セクション3（総合聴読解問題）**

セクション3は10問あります。画面に視覚資料（文書や図表など）が提示され、はじめに音声による状況説明と設問が流れます。そのあと、音声による会話ないし独話を聴いた上で、設問で出された課題に対して、視覚資料に提示される4つの選択肢（文字で示される場合もある）の中から正解を選ぶ形式です。

ビジネス場面で、日本語を使って課題を達成する際、聴解力と読解力がバランスよくあるかどうかを測る問題です。

第3部（読解テスト）

○**セクション1（語彙・文法問題）**

セクション1は10問あります。画面に提示された文や会話を読んで、文や会話の中の空欄部分にどのような語句を入れるか、文字で示された4つの選択肢の中から正解を選ぶ形式です。空欄に入るのは、文脈における文として成立するのに適切な語句で、日本語としての正しさにかかわるものです。

日本語の語彙や文法の知識が運用できるかどうかを測る問題です。

○**セクション2（表現読解問題）**

セクション2は10問あります。画面に提示された文や会話を読んで、文や会話の中の空欄部分にどのような表現を入れるか、文字で示された4つの選択肢の中から正解を選ぶ形式です。空欄に入るのは、場面や状況、人間関係から見て適切な表現です。

場面や状況、人間関係に応じた適切な表現が使えるかどうかの能力を測る問題です。

○**セクション3（総合読解問題）**

セクション3は10問あります。画面に提示された設問に対して、同じく画面に提示された視覚資料を読んで、文字で示された4つの選択肢の中から正解を選ぶ形式です。視覚資料としては、ビジネス場面でよく使われる、文書やメールなどが扱われます。

文書やメールを読み取って、得られる情報の意味を理解する能力、および、日本語による課題を達成する能力を測る問題です。

○ Section 2（資料聽讀解問題）

第 2 小節共有 10 題。畫面會提供視覺資料（文書或圖表等），並播放該視覺資料的說明與提問。之後針對提問裡出示的課題，答題形式為，從 4 個文字選項（有時以圖表等表示）中選出正確答案。

考題檢測的是觀看文書或圖表，依照聲音的指示達成課題的能力。

○ Section 3（綜合聽讀解問題）

第 3 小節共有 10 題。畫面會提供視覺資料（文書或圖表等），一開始先播放聲音說明狀況與提問。之後聽完音檔的對話或獨語，針對提問裡出示的課題，答題形式為，從 4 個視覺資料選項（有時以文字表示）中選出正確答案。

考題檢測的是在商務場合中，使用日語完成課題時，聽解力與讀解力是否平衡良好。

第 3 部（讀解測驗）

○ Section 1（語彙、文法問題）

第 1 小節共有 10 題。閱讀畫面提供的文章或會話，文章或會話之中空格的適當語句為何，從文字表示的 4 個選項之中選出正確答案。能夠填入空格的選項正是合乎文脈的恰當語句，關乎到是否正確使用日語。

考題檢測的是能否運用日語的語彙以及文法知識。

○ Section 2（表現讀解問題）

第 2 小節共有 10 題。閱讀畫面提供的文章或會話，文章或會話之中空格的適當言語表現為何，從文字表示的 4 個選項之中選出正確答案。能夠填入空格的選項正是合乎場合、狀況或人際關係的言語表現。

考題檢測的是能否依照場合、狀況或人際關係使用恰當的言語表現。

○ Section 3（綜合讀解問題）

第 3 小節共有 10 題。閱讀畫面提供的題目，以及同在畫面上的視覺資料，從文字表示的 4 個選項之中選出正確答案。視覺資料採用的是商務場合經常使用的文書或郵件。

考題檢測的是閱讀文書或郵件之後，能否理解獲得的資訊，以及能否使用日語完成課題。

5 BJTの出題内容

❶ 考え方

すでに述べたように、BJTでは知識そのもの以上に、日本語を使って問題解決を図る言語運用能力を重視しています。つまり、BJTは、単にビジネスの知識の有無を問う資格試験ではなく、あくまで言語テストなのです。ですから、ビジネスに関する常識を前提とし、日本語を使ってビジネス活動上の課題をいかに達成できるかという言語技能およびストラテジーの力を測るための出題をするようにしています。

したがって、知識や記憶に頼って解ける問題ではなく、現実のビジネスシーンで要求される課題に近いものが出題されます。ビジネス現場で実際に起こりうる場面や状況を設定し、そのようなシーンにあって、他人の行動や発言を把握、理解したり、相手の趣旨や思惑を認識、推測したりすることができるか、また、それに応じた適切な振る舞いを判断することができるかを問う問題です。

そのため、日本語における語彙項目、文法事項、漢字などの言語要素、あるいは、ビジネスに関連する知識などに関して、出題範囲を設定していません。逆に言えば、基本的な言語要素やビジネス関連知識に関しては、そのすべてが出題範囲と言うことができます。

要するに、BJTにおける出題内容は、現実のビジネスシーンに即した言語運用能力を測るものになっていると言えます。

❷ 主な出題内容

このような考え方に基づいて出題されますので、問題で特に重要なポイントとなるのは、ビジネスシーン、使用される視覚資料、そして、出題における課題のタイプでしょう。以下、それらの主なものを掲げておきましょう。

(1) 主なビジネスシーンのタイプ

①誰に、誰と
・社内
　上司、同僚、他部署の社員
・社外
　取引先、顧客
②何をしている
・報告、連絡、相談、打ち合わせ、雑談、電話
・受付、接客
・交渉、説明、契約
・講演、スピーチ、プレゼンテーション

(2) 主な視覚資料のタイプ

①メール、手紙、ＦＡＸ
②標識、看板、掲示、ポスター
③広告、カタログ、パンフレット
④事務書類
　報告書、領収書、契約書、マニュアル
⑤リスト
　予定表、料金表、電話帳、住所録
⑥図表、グラフ
⑦新聞や雑誌の記事
⑧その他
　パソコン画面、地図、メモ

(3) 主な課題のタイプ

①事物・内容を特定する
　指定された物、訂正箇所、特徴、変更点、準備する物、進行段階、報告書、注文書、商品リスト
②人物を特定する
　顧客、担当者
③場所を特定する
　約束の場所、連絡先、会議室、勤務地

5 BJT 的出題內容

❶ 概念

綜上所述,比起擁有的知識,BJT 更加重視的是使用日語解決問題的語言運用能力。換言之,BJT 並非單純測驗商務知識的檢定考試,終究還是語言測驗。因此,以有關商務的常識為前提,出題著重於是否能夠使用日語達成商務活動上的課題,以此為前提測驗語言技能和策略能力。

正因如此,問題類型並非仰賴知識與記憶,而是讓出題方式貼近現實的商務情境所須面臨的課題。問題以實際在商務場合有可能發生的狀況或場景為基礎,考驗從那些情境中,是否能夠掌握、理解他人的發言或行動,以及推測、認知對方的意圖和思維,並且是否能依照判斷做出適合的言行。

為此,日語的語彙項目、文法事項、漢字等的語言要素,或者有關商務方面的知識等,並未設定出題範圍。但反過來說,基本的語言要素或是商務相關知識皆屬於出題範圍。

總而言之,BJT 的出題內容,就是要測驗是否具備符合現實商務情境的語言運用能力。

❷ 主要出題內容

基於這種出題概念,在考題中特別要注意的重點,就是商務情境、使用的視覺資料,以及課題的類型。以下將揭示這些主要內容。

(1)主要商務情境類型

①對象

‧公司內部

　　上司、同事、其他部門的職員

‧公司外部

　　往來客戶、顧客

②行為活動

‧報告、聯絡、諮詢、商討、閒聊、電話

‧接待、接客

‧交涉、說明、簽約

‧演講、演說、企畫發表

(2)主要視覺資料類型

①電子郵件、信件、傳真

②標誌、看板、公布欄、海報

③廣告、型錄、手冊

④事務文件

　　報告書、收據、契約書、說明書

⑤清單

　　行程表、價格表、電話簿、通訊錄

⑥圖表與圖形

⑦報章雜誌報導

⑧其他

　　電腦畫面、地圖、筆記

(3)主要課題類型

①特定事物、內容

　　指定物件、訂正錯處、特徵、變更處、準備物品、進行階段、報告書、訂購單、商品清單

②特定人物

　　顧客、負責人

③特定場所

　　約定地點、聯絡地點、會議室、工作地點

④時期・時間を特定する

　出張、訪問、商品到着、打ち合わせ

⑤事物の数値を特定する

　予約人数、商品の数、料金、利益

⑥とるべき行動を特定する

　伝言、資料作成、会議の準備、支払処理、断
り、お礼、あいさつ

⑦考え・意図を特定する

　用件、依頼内容、意見の一致点、顧客の要求、
企画

⑧目的や原因・理由を特定する

　営業作戦、プロジェクト、研修実施、クレー
ム、業績好調、謝罪、推薦

さらに、この採点方式にはもう１つ特徴があります。それは、受験者によって受験時期などの条件が異なっていたとしても、同程度の能力を持つ人が受験すれば、結果としてほぼ同じスコアが算出されるということです。言い換えれば、スコアの違いは受験者の能力の高低を絶対的に表すことになります。これにより、異なる人間の日本語によるビジネスコミュニケーション能力を比較しやすくなることはもちろん、同一人物が時間をおいて２度受験することにより、学習効果やその人の成長の度合いを正確に知ることもできます。

このように、BJTは常に一定の基準で能力を測定することができる採点方式を採用しています。

6　BJTの採点方式

　BJTは、単なる日本語の知識を問うテストではなく、日本語によるビジネスコミュニケーション能力をどの程度持っているかを測るテストです。そのため、結果は「合格／不合格」ではなく、0〜800点のスコア形式で表されます。このスコアは、IRT（項目応答理論）に基づいた統計処理により算出されています。

　この採点方式では、問題１問ごとに決まった配点があるわけではなく、正解や不正解の数によって、ある一定の得点が加点されたり減点されたりということはありません。問題に対して正解だったか不正解だったかを判定し、受験者の日本語によるビジネスコミュニケーション能力を、統計学の視点から計算して数値化します。そうして算出された数値を0〜800点の尺度に換算してわかりやすくし、それをBJTのスコアとしているのです。これにより、0〜800点の尺度で、日本語によるビジネスコミュニケーション能力を細かく把握することが可能となっています。

④特定日期、時間

　出差、拜訪、商品送達、商討

⑤特定事物數量

　預約人數、商品數量、費用、利益

⑥特定應做的行動

　轉達、製作資料、準備會議、處理付款、
　拒絕、致謝、寒暄

⑦特定考量、意圖

　要事、委託內容、意見　致處、顧客要求、
　企畫

⑧特定目的、原因理由

　行銷策略、專案、研修、客訴、業績上升、
　謝罪、推薦

方式，不但能夠輕鬆比較出不同人物的日語商務溝通能力，即使是同一人在不同時間分別測驗，也能夠正確地知曉學習效果或是應試者的成長幅度。

如上所述，BJT 一貫採用能以一定的基準檢測能力的評分方式。

6　BJT 的計分方式

BJT 並非單純檢視日語知識的考試，而是測驗以日語進行商務溝通的能力到達何種程度的考試。因此考試結果並非以「合格／不合格」表示，而是以 0 ～ 800 分的分數形式顯示。分數是基於 IRT（項目反應理論）進行統計處理而得出。

這個計算方式，並非每題有固定配點，也並非依照正確與錯誤題數影響加減分。針對問題判定正確或錯誤之後，將應試者的日語商務溝通能力以統計學的觀點計算並數值化。將依此算出的數值換算成 0 ～ 800 分的易懂衡量方式，作為 BJT 的分數。藉此由 0 ～ 800 分的衡量方式，詳細劃分並掌握日語的商務溝通能力。

不僅如此，這種評分方式還有一項特徵。那就是即使應試者的考試時期等條件有所不同，只要是相同程度的人進行考試，考試結果還是能夠以近乎相同的分數呈現。換言之，分數的不同也就絕對地顯示了應試者能力的高低。透過這樣的

7 BJTのスコアとレベルの意味

BJTは、受験者のビジネス日本語能力を、0〜800点のスコアで評価します。さらにスコアに応じた、J5〜J1+の6段階のレベルを設定しています。

次の表は、スコアとレベルが、どのような評価基準に対応しているかを表しています。これを見れば、どのようなビジネス日本語能力をどの程度持っているかがわかります。

スコア	レベル	評価基準
800 〜 600	J1+	**どのようなビジネス場面でも日本語による十分なコミュニケーション能力がある。** 日本語に関する正確な知識と運用能力がある。 どのようなビジネス会話でも正確に理解できる。 会議、商談、電話の応対などで相手の話すことが正確に理解できる。 対人関係に応じた言語表現の使い分けが適切にできる。 どのような社内文書やビジネス文書でも正確に理解できる。 日本のビジネス慣習を十分理解している。
599 〜 530	J1	**幅広いビジネス場面で日本語による適切なコミュニケーション能力がある。** 日本語の知識・運用能力に問題が一部あるが、意志疎通に支障はない。 幅広いビジネス会話が正確に理解できる。 会議、商談、電話での応対などで相手の話すことがおおむね理解できる。 対人関係に応じた言語表現の使い分けがある程度できる。 日常的な社内文書やビジネス文書が正確に理解できる。 日本のビジネス慣習をおおむね理解している。
529 〜 420	J2	**限られたビジネス場面で日本語による適切なコミュニケーション能力がある。** 日本語の知識・運用能力に問題が一部あり、意志疎通を妨げることがある。 日常のビジネス会話がおおむね理解できる。 会議、商談、電話での応対などで相手の話すことがある程度理解できる。 対人関係に応じた言語表現の使い分けが少しできる。 日常的な社内文書やビジネス文書がおおむね理解できる。 日本のビジネス慣習に対する理解がある程度ある。
419 〜 320	J3	**限られたビジネス場面で日本語によるある程度のコミュニケーション能力がある。** 日本語の知識・運用能力に問題があり、意志疎通を妨げることが多い。 日常のビジネス会話の簡単なものがおおむね理解できる。 会議、商談、電話での応対などで相手の話すことが少し理解できる。 対人関係に応じた言語表現の使い分けが断片的にできる。 日常的な社内文書やビジネス文書の基本的なものがある程度理解できる。 日本のビジネス慣習に対する理解が少しある。
319 〜 200	J4	**限られたビジネス場面で日本語による最低限のコミュニケーション能力がある。** 日本語の知識・運用能力に問題が多く、意志疎通できることが少ない。 ゆっくり話された簡単なビジネス会話がおおむね理解できる。 対人関係に応じた言語表現の使い分けはできない。 日常的な社内文書やビジネス文書の基本的なものが断片的に理解できる。 日本のビジネス慣習に対する理解が断片的にある。
199 〜 0	J5	**日本語によるビジネスコミュニケーション能力はほとんどない。** 断片的な日本語の知識しかなく、日本語の運用能力はきわめて不十分である。 ゆっくり話された簡単な会話が部分的にしか理解できない。 日常的な社内文書やビジネス文書は理解できない。 日本のビジネス慣習に対する理解はほとんどない。

7 BJT 的分數與等級的含義

BJT 是以 0 ～ 800 分的分數，評價應試者的商務日語能力。並且對應分數，設定了 J5 ～ J1+ 共 6 個階段的等級。

下表為分數與等級所對應的評價基準。只要參考下表，便能得知具備了哪些商務日語能力、程度落在哪裡。

分數	等級	評價基準
800 ～ 600	J1+	**能夠在任何商務場合以日語進行充分溝通。** 具備關於日語的正確知識及運用能力。 任何商務會話都能夠正確理解。 於會議、商談、電話應答等等，能夠正確理解對方說的話。 能依照與對象的關係分別使用恰當的言語表現。 任何公司內部文書或商務文書都能夠正確理解。 充分理解日本的商務習慣。
599 ～ 530	J1	**能夠在廣泛的商務場合以日語進行適切溝通。** 日語的知識、運用能力有部分問題，但溝通意思上不構成障礙。 能夠正確理解廣泛的商務會話。 能夠大致理解於會議、商談、電話等應答時對方所說的話。 能就某種程度依照與對象的關係分別使用言語表現。 能夠正確理解日常的公司內部文書或商務文書。 大致理解日本的商務習慣。
529 ～ 420	J2	**能夠在有限的商務場合以日語進行適切溝通。** 日語的知識、運用能力有部分問題，在溝通意思上有時有障礙。 能夠大致理解日常的商務會話。 能就某種程度理解於會議、商談、電話等應答時對方所說的話。 稍微能夠依照與對象的關係分別使用言語表現。 能夠大致理解日常的公司內部文書或商務文書。 就某種程度理解日本的商務習慣。
419 ～ 320	J3	**能夠在有限的商務場合以日語進行某種程度的溝通。** 日語的知識、運用能力有困難，在溝通意思上經常產生障礙。 能夠大致理解簡單的日常商務會話。 能夠稍微理解於會議、商談、電話等應對時對方所說的話。 僅能片斷地依照與對象的關係分別使用言語表現。 能就某種程度理解日常基本的公司內部文書或商務文書。 稍微理解日本的商務習慣。
319 ～ 200	J4	**能夠在有限的商務場合以日語進行最低限度的溝通。** 日語的知識、運用能力有很多困難，大多時候無法溝通意思。 若緩慢敘述，可以大致理解簡單的商務會話。 無法依照與對象的關係分別使用言語表現。 能夠片斷地理解日常基本的公司內部文書或商務文書。 能夠片斷地理解日本的商務習慣。
199 ～ 0	J5	**幾乎不具能以日語進行商務溝通的能力。** 只有片斷的日語知識，極度缺乏日語運用能力。 只能部分理解緩慢敘述的簡單會話。 無法理解日常的公司內部文書或商務文書。 幾乎無法理解日本的商務習慣。

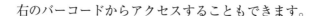

音声ファイルダウンロードの方法

　付属CDに収録されている音声を、オーディオブック配信サービス「FeBe」（株式会社オトバンク提供）からダウンロードできます。

1. スマートフォン、PCのブラウザで下記URLにアクセスします。

    ## http://febe.jp/kanken

    右のバーコードからアクセスすることもできます。

2. 表示されたページから、「FeBe」への登録ページに進みます。

    ※ダウンロードサービスを利用するには、「FeBe」への会員登録（無料）が必要です。

3. 会員登録後、シリアルコードの入力欄に「**70369**」を入力して「送信」をタップします。

4. 「音声を本棚に追加する」のボタンをタップします。

5. スマートフォンの場合はアプリ「FeBe」の案内が出ますので、アプリからご利用ください。PCの場合は、「本棚」から音声ファイルをダウンロードしてご利用ください。

＜注意＞

・ダウンロードには、オーディオブック配信サービス「FeBe」への会員登録（無料）が必要です。

・スマートフォンやPCから音声を再生いただけます。

・音声は何度でもダウンロード・再生いただくことができます。

・ダウンロードは無料ですが、通信費はお客様のご負担となります。

・ダウンロードについてのお問い合わせ先：info@febe.jp（受付時間：平日の10〜20時）

※大新書局ホームページの本書ページからも「音声データ」をダウンロードすることができます。

BJT受験のすすめ

模擬テストは、いかがでしたか？

点数がよかった人は、自分のビジネス日本語能力を証明するために、実際のBJTを受験してみませんか。

思うような点数が取得できなかった人は、自信を持って実際のテストを受験できるように、繰り返し復習をしてから、BJTを受験しましょう。

BJTの受験場所は？

BJTは、CBT方式（Computer Based Testing）で実施されます。CBT方式とは、指定のテストセンターでコンピュータを使って解答する仕組みです。受験者は、1人ずつ用意されたブースで、コンピュータの画面に表示される問題とヘッドホンに流れる音声をもとに、画面上で解答します。

テストの配信にあたっては、ピアソンVUE（CBT配信の世界的リーディングカンパニー）のネットワークを活用しています。BJTの受験場所であるピアソンVUEのテストセンターは、日本国内と海外を合わせて数多くあります。具体的な受験場所については、BJT公式ウェブサイト（http://www.kanken.or.jp/bjt/）をご確認ください。

受験日はいつでも！　結果はすぐに！

BJTは、いつでも受験できて、スコアはその場ですぐにわかります。自分のスケジュールに合わせて受験することができて、申し込みは受験日の前日まで可能です。

スコアは、受験した当日すぐに、テストセンターでわかります。さらに、受験した数日後には、ピアソンVUEのウェブサイトから受験結果を確認し、成績認定書をダウンロードすることができます。

BJTの申し込みや詳しい情報については、
BJT公式ウェブサイト（http://www.kanken.or.jp/bjt/）をご確認ください。

BJT商務日語能力考試
官方 模擬試題 & 指南

解答・解説

目　次

使用しているマークについて

スピーカーマーク　問題で流れる音声を示しています。

CDマーク　ダウンロード音声のトラックナンバーを示しています（オーディオブック配信サービス「FeBe」で
ダウンロードする音声は、トラックナンバーに対応していません）。

正答一覧

第1部　聴解テスト

セクション1		セクション2		セクション3	
問題	正答	問題	正答	問題	正答
1	1	1	2	1	2
2	2	2	2	2	4
3	1	3	4	3	4
4	4	4	1	4	2
5	3	5	1	5	1
		6	3	6	4
		7	3	7	2
		8	3	8	3
		9	2	9	4
		10	1	10	4

第2部　聴読解テスト

セクション1		セクション2		セクション3	
問題	正答	問題	正答	問題	正答
1	4	1	1	1	4
2	2	2	2	2	4
3	1	3	2	3	3
4	1	4	2	4	1
5	2	5	1	5	2
		6	3	6	1
		7	4	7	2
		8	4	8	2
		9	2	9	4
		10	1	10	3

第3部　読解テスト

セクション1		セクション2		セクション3	
問題	正答	問題	正答	問題	正答
1	4	1	3	1	3
2	2	2	2	2	2
3	4	3	2	3	1
4	1	4	1	4	4
5	1	5	3	5	3
6	3	6	3	6	2
7	3	7	4	7	2
8	1	8	3	8	3
9	4	9	2	9	3
10	1	10	3	10	4

各1点

総得点	
	/80

能力レベルの判定

　模擬テストの総得点から、あなたの能力レベルを判定してみましょう。能力レベルとは、ビジネス日本語能力をどの程度持っているかを示したものです。

※BJTの能力レベルについては、92ページを確認してください。

能力レベルの判定は、次の表を使用して行います。

模擬テストの総得点	能力レベル
75 〜 80 点	J1+ （600 〜 800 点）
70 〜 74 点	J1 （530 〜 599 点）
54 〜 69 点	J2 （420 〜 529 点）
35 〜 53 点	J3 （320 〜 419 点）
23 〜 34 点	J4 （200 〜 319 点）
0 〜 22 点	J5 （ 0 〜 199 点）

（ ） 内のスコアは、能力レベルに対応する本テストのスコアを示します。

　例えば、今回の模擬テストの総得点が60点だった人は、模擬テストの総得点54〜69点に対応する能力レベルの欄を見ます。すると、能力レベルはJ2であるとわかります。

　なお、表からもわかるように、模擬テストの得点と本テストのスコアとは一致しません。模擬テストでは、正解した問題の数を数えて0点から80点の点数をつけましたが、本テストのスコアは、複雑な統計処理によって0点から800点で算出されます。

※本テストの採点方式については、本冊の90ページに記載しています。

　上記の方法で確認した能力レベルは、本テストでの結果の目安と考えることができます。それを踏まえて、受験勉強に取り組んでください。

解答・解説

第1部　聴解テスト　セクション1
── 場面把握問題 ──

PART 1　Listening Test　Section 1

模擬テスト ▶ 13〜16ページ

◆問題を解く際の留意点◆

　写真を見て、それがどのような場面であるかを、音声を聴いて答える問題である。問題を解くにあたって、気をつけるポイントは写真に現れる人物と場所である。

　人物については、服装や動作をヒントにどういう人なのかを推測する。複数の人物が写っている場合は、その人たちの人間関係を推測することも大事である。そのためには、表情や姿勢などがヒントになる。例えば、取引先や上司に対しては、普通は、控えめな、あるいは、謙虚な態度をとるので、それが写真に反映されるはずだからである。

　場所に関しては、応接室か会議室かといった場所そのものだけでなく、写真に写っている事務機器や筆記用具などにも注意を向けたい。その場面に必要なものが写っている可能性が高いからである。

　人物と場所を踏まえて、そこで何が行われているかを推測することになる。その推測をもとに、正解を4つの選択肢から1つ選ぶ。ただし、正解には、写真だけではわからない内容が含まれている場合もある。例えば、「書類にサインをしている」写真で、その書類が何の書類かまではわからない状況で、正解の選択肢として「契約書にサインしています」というように、書類の内容を限定

していることもある。写真からは契約書と特定できなくても、「契約書にサインしています」は間違っていないので、これが正解である。このような場合、正解の選択肢以外は、明らかに間違った内容になっているので、推測できる内容に反していない選択肢を選ぶようにすれば間違うことはない。

1番

🔊 Track03

1. 握手しています。
2. 謝罪しています。
3. お辞儀しています。
4. 議論しています。

【正答】　1

【解説】

　写真では、2人の男の人が手を握り合っている。左側の人物が笑顔で相手に何か話しかけている。2人の関係は和やかな状況にあると推察できる。

　この推察を踏まえて選択肢を聴くようにする。選択肢のうち、当てはまるのは 1 「握手しています」である。 2 「謝罪しています」は、笑顔で話しかけているという点で矛盾するし、謝罪ならもっと頭を下げていないとおかしい。頭を下げていない点で 3 「お辞儀しています」も当てはまらない。 4 「議論しています」の場合には、手を握り合うことはないので、やはり不適切である。以上から、正解は 1 である。

2番

🔊 Track04

1 集団討論をしています。

2 個人面接をしています。

3 プレゼンテーションをしています。

4 スピーチコンテストをしています。

【正答】 2

【解説】

　写真では、手前に女の人が1人で座り、机をはさんで向こう側に男の人と女の人が並んで座っている。手前の女の人の前には何も置かれていないが、向こう側の2人の前には書類がある。男の人は筆記用具を持ち、女の人は書類を手に持って手前の女の人を見つめている。人間関係としては、向こう側の2人が近い関係にあると推測できる。

　2人が1人に対して話をしているこの場面に当てはまるのは、 2 「個人面接をしています」である。つまり、手前の女の人が面接を受けていると判断できる。 1 「集団討論」ならば、3人ではなくもっと大勢の人が話し合っていないと不自然だし、1人だけ資料と思われる書類を持っていない点も不自然である。 3 「プレゼンテーション」であれば、1人の人が資料を示して説明をし、それを多数の人が聴いている状況が一般的である。写真からは、何かを説明しているシーンと読み取るには無理がある。 4 「スピーチコンテスト」も、一般的には、コンテストを受ける人が大勢の前でスピーチを行って、それを審査員が評価する。写真を、あえてスピーチをしている場面と考えると、ただ審査員の前で話しているだけと考えられ、その場合はコンテストではなくテストであろう。よって、 4 は正解とはならない。

3番

🔊 Track05

1 男の人が発表をしています。

2 男の人が演説をしています。

3 男の人が資料を配付しています。

4 男の人が資料を作成しています。

【正答】 1

【解説】

　写真では、男の人が、資料と思われる書類を張り付けたホワイトボードの前に立ち、マイクを持って話をしている。手前には、机を前にして座っている数名の人がいて、男の人の話を聴いている。

　1人が話をしていて、それを聴衆が聴いていることに当てはまるのは、 1 「発表」と 2 「演説」である。もし、演説であれば、聴衆に向かって語りかけているのが普通である。しかし、写真で男の人は、聴衆に対して体を斜めに向け、左手で資料を指している。これは、資料について説明をしていると解釈される。この男の人のようすに無理なく当てはまるのは、演説ではなく発表である。よって、正解は 1 である。

　 3 「資料を配付しています」と 4 「資料を作成しています」は、写真の状況とは全く結びつかない。どちらも明らかに不正解である。

4番

 Track06

1　手帳に書き込みながら、電話で話しています。

2　データを入力しながら、電話で話しています。

3　メモを取りながら、電話で話しています。

4　資料を見ながら、電話で話しています。

【正答】　4

【解説】

　写真では、男の人が、手に持った紙を見ながら電話をしている。選択肢は、後半はすべて「電話で話しています」で共通していて、前半の「何かをしながら」の部分が異なっている。したがって、その「何をしながら」なのかを問う問題となっている。

　ただ、選択肢は音声で聴くので、すべて聴き終わるまでは、選択肢のどの部分が共通なのかはわからない。しかし、わからなくても心配する必要はない。選択肢が読み上げられるたびに、それが「手に持った紙を見ながら電話をしている」状況に合うかどうかを判断すればよい。

　そうすると、写真の状況に合うのは、4の「資料を見ながら」だけである。1「手帳に書き込みながら」、2「データを入力しながら」、3「メモを取りながら」はいずれも、手を動かして行う動作である。写真では、手で書類を持っているだけなので、写真の状況とは合わず、不正解である。

5番

Track07

1　名刺の交換をしています。

2　資料の受け渡しをしています。

3　仕事の打ち合わせをしています。

4　契約成立のサインをしています。

【正答】　3

【解説】

　写真では、2人の男の人が、どちらも書類を手に持って真剣な表情で話し合っている。これに合う状況を選択肢から選ぶ問題である。

　1「名刺の交換」は、書類が名刺ではないので論外である。2「資料の受け渡し」は、書類が資料という点では正解の可能性があるが、「受け渡し」という行為とは認められないので、不正解である。3「仕事の打ち合わせ」については、話し合っている行為が「打ち合わせ」に該当すると十分に考えられる。4「契約成立のサイン」は、サインするための筆記用具が見当たらないし、話し合う行為自体がサインとは無関係なので不正解である。以上から、正解は3となる。

第1部　聴解テスト　セクション2
── 発言聴解問題──

PART 1　Listening Test　Section 2

模擬テスト ▶ 17〜22ページ

◆問題を解く際の留意点◆

　音声を聴きながら写真を見て答える問題である。音声でまず状況が説明され、それに続いて質問が流れる。写真は、状況を視覚的に示したものである。このセクションでは、写真を参考にして音声をきちんと聴くようにするのがよい。

　質問内容は、その状況下で、ある意図を持った発言をするときに、どのような表現をするのがよいかを尋ねるものである。

　問題を解くにあたって気をつけるべきことは、状況を的確に認識することと、ビジネス社会での発言としてどうあるべきかを意識することである。状況の認識では、場面とともに、解答の発言にかかわる人間関係を把握することが大切である。上司や取引先に対して発言するのと、同僚に向かって発言するのでは、表現の仕方が異なるのは当然だからである。また、ここで問題になるのは、ビジネス現場での表現なので、単に日本語として間違っていなければよいのではなく、ビジネス現場にふさわしいことも正解の条件となる。

　解答は読み上げられる、4つの選択肢から1つを選ぶ。順に聴いていき、自分が正解と思うものがあれば、その番号を記憶しておき、最後の選択肢まで聴いてから最終決定をするのがよい。

1番

 Track10

取引先の人を応接室へ案内します。何と言いますか。

1　あちらへ行ってください。

2　こちらへどうぞ。

3　そちらへ参りますよ。

4　どちらへ伺いましょうか。

【正答】　2

【解説】

　会社にやってきた取引先の人を、応接室に案内するシーンである。写真では、案内をしている女の人が、部屋の中に手を向けて、取引先の男の人に話しかけている。このとき、どのように言うのがよいかという質問である。

　選択肢には「あちら」「こちら」「そちら」「どちら」のいわゆる「こそあど言葉」の4つがそろっている。この4つの使い分けは、その対象と話し手との距離や、対象が話し手・聞き手のどちらに所属するかによって決まる。「こちら」は話し手からの距離が近い、もしくは対象が話し手に所属する場合であり、「そちら」は話し手からは遠く、聞き手に近い、あるいは対象が聞き手に所属する場合である。また、「あちら」は話し手からも聞き手からも遠い場合、あるいはどちらにも所属していない場合に使われ、「どちら」は対象がはっきりわからない場合に使われる。

　この問題では、対象となるのは応接室であり、話し手はその扉の前にいて、聞き手よりも近い位置を占めている。また、応接室は話し手の会社でもあるので、話し手のほうに所属するとも言える。よって、正解は「こちら」を使った 2 「こちらへどうぞ」である。なお、丁寧な表現としては

「こちらへどうぞお入りください」という言い方もある。しかし、写真のようなビジネスシーンでは、取引先の人に対しては、省略形である ② の形式のほうがよく使われる。

2番

 Track11

上司から急ぎの仕事を頼まれました。引き受ける場合、何と言いますか。

1　了解します。すぐにとりかかります。

2　承知いたしました。すぐにとりかかります。

3　わかっています。すぐにとりかかります。

4　わかります。すぐにとりかかります。

【正答】　②

【解説】

　上司から仕事の指示を受けて、それを引き受ける際にどのような返答をするのがよいかという問題である。選択肢の後半は、いずれも「すぐにとりかかります」で同じである。したがって、ポイントは前半の文言にあることになる。

　選択肢は音声で聴くので、すべて聴き終わるまでは、選択肢どうしの違いはわからなくても、それは気にせず、選択肢がその状況の発言としてふさわしいかを判断すればよい。

　① の場合、「了解しました」なら相手の言うことに納得したことを表せるが、「了解します」と現在形を使うと「不本意ながら」あるいは「心底からではないが」のようなニュアンスを示したりする。その意味で不適切である。それに対して、② は「承知いたしました」と過去形で相手の発言内容を受け入れているので適切である。 ③

「わかっています」は、相手の発言以前からすでに承知していることを意味する。いわば相手の発言を軽くみる形になるので不適切である。 ④ 「わかります」は、相手の言うことを単に理解できるということを意味する。そのため、他人ごとのような印象を与えてしまうので不適切である。

　以上から、最もよい答え方は ② となる。

　ちなみに、 ① を変形した「了解しました」は間違いではない。ただし、 ② 「承知いたしました」と比較すると、「了解しました」のほうが敬意がうすい表現となり、上司に対する返答としては、「承知いたしました」がより適切だと言える。

3番

 Track12

本社から社長が視察に来ました。社長が帰るとき、空港まで車で送ります。何と言いますか。

1　社長、空港まで送ってやります。

2　社長、空港まで送ってあげます。

3　社長、空港までお送りいただきます。

4　社長、空港までお送りします。

【正答】　④

【解説】

　社員が社長を会社から空港まで車で送っていくときに、社長にどのように声をかけるかという問題である。ポイントは、社員と社長という関係の下で、「送る」という行為を示す表現をどのように言うかであり、その適切なものが正解となる。

　「送る」は社員が社長に対する行為なので、社長（行為の向かう相手）に対する敬意が示される表現、つまり謙譲語が使われないといけない。その視点でチェックすると、 ① 「送ってやりま

す」は謙譲語が使われていないので不適切である。
②「送ってあげます」は謙譲語である点では正しい。しかし、近年「あげる」の敬意が低下しており、現実には謙譲語というより丁寧語に近い働きしかしていない。そのため、社長に対する十分な敬意を示しているとは言えない。それどころか、「あげる」には恩恵を与えるニュアンスがあるので、見下した表現とみなされるおそれすらある。その意味で不適切である。③「お送りいただきます」は、自分が車で「送ってもらう」場合の表現になるので不適切となる。④「お送りします」は謙譲語表現で適切なので、④が正解となる。

問題になっているのは上司の呼び方で、「田中」「田中さん」「田中部長」「田中氏」のいずれがよいかということである。

　人の呼び方、つまり、呼称で、目上の人物には敬称をつけるのが大原則である。ただし、外部の人に向かって、内部の人物について言及するときは敬称をつけない。例えば、よその人に向かって自分の母親のことを、「お母さん」と言わずに「母」と言う。これと同様にビジネス場面でも、よその会社の人に向かって、上司の部長のことは「田中部長」と言わずに「田中」と呼び捨てにするのである。

　②「田中さん」、④「田中氏」も敬称のついた表現なので不適切である。よって、正解は①となる。

4番

 🔊　💿 Track13

取引先から部長あての電話がかかってきました。電話を取り次ぎます。何と言いますか。

1　少々お待ちください。田中におつなぎいたします。

2　少々お待ちください。田中さんにおつなぎいたします。

3　少々お待ちください。田中部長におつなぎいたします。

4　少々お待ちください。田中氏におつなぎいたします。

【正答】　1
【解説】
　場面としては、取引先からの電話を上司に取り次ぐときで、そのときどのように言うのがよいかという問題である。

　ただし、選択肢を見ればわかるように、実際に

5番

Track14

異動先の支店であいさつをします。何と言いますか。

1 本日より、こちらに配属になりました山田です。

2 本日より、こちらに来ました山田です。

3 本日より、こちらでご一緒することになった山田です。

4 本日より、こちらでお力添えします山田です。

【正答】 1

【解説】

　異動で新しい職場に来てあいさつするシーンである。自己紹介をするときにどのように言うのがよいかという問題である。

　1の「配属」とは「人を一定の部署に割り当てること」を指す。「配属になりました」は「配属された」という意味なので、自分の立場を明示していることになる。また、このようなシーンでの決まり文句でもあり、これが正解となる。2「来ました」は、どういう立場で来たのかが示されず、幼稚で不十分な表現と言えよう。3「ご一緒することになった」は、偶然ゆきあわせて一緒に行動することになった場合に使う表現であり、会社組織の意図のもとで一緒に働く場合には使わない。4「お力添えする」の「お力添え」は、普通他人の協力を得られた場合に、その相手の協力に対して敬意をこめて述べる表現である。自分自身のことに対して使う語ではない。よって、不正解である。

　以上から、正解は1である。

6番

Track15

取引先から電話がありました。担当者が不在だったので、伝言を頼みたいと言われました。何と言いますか。

1 はい、伝言してもらいましょうか。

2 はい、伝言してくれませんか。

3 はい、伝言を承ります。

4 はい、伝言を話してください。

【正答】 3

【解説】

　取引先からの電話で、不在の担当者への伝言を依頼されたときに、何と答えるのがよいかという問題である。解答は、もちろん伝言を引き受けるという内容を表すものでなければならない。

　1「伝言してもらいましょうか」と2「伝言してくれませんか」は、伝言を依頼するときには使えるが、伝言を引き受ける際には使えない。3「伝言を承ります」の「承ります」は「聞く」や「引き受ける」の謙譲語であり、敬意のこもった表現で、これが正解となる。4「伝言を話してください」は、意味は通じるが、「引き受けることを示していない」「3に比べて敬意がうすい」という欠点が見られる。よって、最もよい答えとは言えない。

　以上から、正解は3である。

7番

 🔊Track16

取引先で、自分の会社の製品を買ってもらうために説明をしています。説明の最後に、何と言いますか。

1	必ずご購入なさってください。
2	きっと購入をお約束させていただきます。
3	ぜひともご検討をお願いいたします。
4	絶対に検討させていただきます。

【正答】 ③
【解説】

　取引先に製品を売り込む説明をしたあと、最後にどのようなセリフを言うのがよいかという問題である。

　製品を売り込むということは、相手にぜひ購入してくださいとお願いすることである。そのとき、買ってくれと強く言い過ぎると、相手に買うことを強要するような印象を与える。そのため、相手に不愉快な思いをさせて逆効果になる。そこで、相手の立場を尊重しつつ購入を勧めるのがよい。

　①「必ずご購入なさってください」は直接的な表現であり、相手からすると、命じられている形で購入を強要されることになるので不適切である。その点、③「ぜひともご検討をお願いいたします」は、「買ってくれ」と直接的な表現をせず、「検討してくれ」と柔らかく表現している。その上で、こちらの熱意を示すために「ぜひとも」という語を添えている。これが正解である。

　残りの②「きっと購入をお約束させていただきます」と④「絶対に検討させていただきます」は、製品を買う立場である相手側のセリフなので不正解である。

8番

🔊Track17

取引先でのプレゼンテーションが終わりました。質問を受け付けます。何と言いますか。

1	質問をどうぞ。
2	質問がありましたら、させていただきます。
3	ご質問はございませんでしょうか。
4	ご質問をされてください。

【正答】 ③
【解説】

　プレゼンテーションが終わったあと、質問を受け付けるシーンである。聴衆に向かって、質問があればどうぞしてくれと呼びかけるときの言い方が問題になっている。

　このようなシーンでは、ほぼ決まった言い方があり、それが①「質問をどうぞ」と③「ご質問はございませんでしょうか」である。両者を比べると、①では、「どうぞ」で文が終わっていて、「なさってください」などの言葉が省略されているので、やや丁寧さに欠ける。それに対して、③は言葉通りの意味は「質問はないか」というものだが、「質問はないか」と聞くことで、「質問があればどうぞしてください」という意味を遠回しに表現している。しかも、「ございませんでしょうか」と、敬意の高い表現形式を使っている。①よりも丁寧な表現である。

　このシーンでは、プレゼンテーションをする人にとって、聴衆は同じ会社の人たちではないので、丁寧な表現であることが好ましい。その意味で、③のほうが適切である。②は「させていただきます」とあるので、質問を受けるはずの人物が

質問をする意味になってしまっていて、明らかな誤りである。また、4 「ご質問をされてください」は日本語として不自然で、「ご質問をなさってください」とすべきである。

以上から、正解は 3 である。

9番

🔊 ⓢ Track18

作成した資料を上司に確認してもらいます。何と言いますか。

1 資料の確認をしてください。

2 資料の確認をお願いいたします。

3 資料を確認してあげてください。

4 資料を確認されてはどうでしょう。

【正答】 2
【解説】

自分が作った資料を上司に見てもらいたいときに、どのように言うのがよいかという問題である。部下が上司に対して確認をしてくださいと「依頼する形式」になっていることが必要である。

1 「確認をしてください」と 2 「確認をお願いいたします」は、いずれも上司に対する依頼の形式という条件はクリアしている。ただ、両者を比べると、2 のほうが高い敬意が感じられる。1 は上司が部下に言う場合にも使える形式で敬意が比較的低い。その点で、この問題では 2 が適切となる。

3 「確認してあげてください」は、誰か第三者のために依頼する際なら使える表現で、自分のためには使えない。4 「確認されてはどうでしょう」は、依頼ではなく、勧誘の形式になっている。

以上から、正解は 2 である。

10番

🔊 ⓢ Track19

取引先の人に、電話で、会社の記念パーティーに相手が贈ってくれたお花のお礼を伝えます。何と言いますか。

1 先日は、お祝いのお花をお贈りくださいまして、ありがとうございました。

2 先日は、お祝いのお花を贈ってくれて、ありがとうございました。

3 先日は、お祝いのお花を贈って差し上げて、ありがとうございました。

4 先日は、お祝いのお花をお贈りしていただき、ありがとうございました。

【正答】 1
【解説】

会社の記念パーティーの際に取引先がお花を贈ってくれていた。そのことについて電話でお礼を言うとき、どのように述べるのがよいかという問題である。

選択肢は、すべて「ありがとうございました」で終わっているので、ポイントは、お花を贈ってくれたことに対する表現にある。「贈る」は取引先の行為なので、当然、取引先に敬意を示すために尊敬語にしなければならない。その点、1 は「お贈りくださいまして」と、「贈る」の尊敬語になっているので適切である。それに対して、2 「贈ってくれて」は敬語形式が使われていない。1 のほうが取引先に敬意を示せるので、適切と言える。

3 「贈って差し上げて」は「差し上げる」という謙譲語の形式が使われているため、こちらが相手に贈っている意味になってしまっている。全体として意味が通らない。4 「お贈りしていた

だき」は、「お贈りして」が「お○○する」という謙譲語になっているので、行為者である取引先を低めてしまっている。よって不適切である。

　なお、 4 が「お花をお贈りいただき」となると適切な表現になる。これはよく使われている表現であるが、その意味は、「相手が自分に贈ってくれた」ではなく、「自分が相手に贈ってもらった」ということになる。

　よって、この問題の正解は 1 である。

第1部　聴解テスト　セクション3
—— 総合聴解問題 ——

PART 1　Listening Test　Section 3

模擬テスト ▶ 23～28ページ

◆問題を解く際の留意点◆

　イラストを参考に、音声を聴きながら、与えられた質問の答えを見つける問題である。解答は読み上げられる、4つの選択肢から1つを選ぶ。問題の状況は、ビジネス現場における会話ないし独話で示される。独話というのは、セミナー講師が講義をしている場面や会議において1人の人物が意見を述べる場面などである。

　出題される質問内容は、会話や独話の中で、登場人物によって主張されることは何か、会話によって決定されたことは何か、会話のあとで行動すべきことは何か、といったことである。

　そこで、問題を聴くにあたっては、
　＊場面・状況を把握する
　＊質問の趣旨を理解して、誰の発言に注意すればよいかを予測する
とよい。

　例えば、問いかけで「上司と部下が話しています」と述べられると、登場人物を前もって把握できる。そして、イラストでは、立ち話なのか、資料を見て話しているかなどの状況がわかる。これによって、おおよその場面・状況の見当をつけることができる。さらに、問いかけで流れる質問が、「部下は、このあとまず、何をしますか」というものであれば、会話の中で、上司の発言によって、部下が何かをしなければならなくなることが予測できる。そこで、会話を聴くときには、部下の立場に立って、上司がどのように述べているかという点に特に注意すればよいのである。

1番

　⊙Track22

　上司と部下が、話しています。部下は、このあとまず、何をしますか。

　男：横山さん。あさってから出張だったよね。先方にお渡しする資料はもうできてる？

　女：はい。先方には、先週メールで送ってあります。ただ、今朝メールがありまして、製品の販売経路について、詳細な資料が欲しいということなので、これからそろえるつもりです。

　男：じゃ、できたら1度見せてくれ。それと、向こうの新しい担当者は誰だったかな？

　女：佐藤課長です。

　男：あ、佐藤課長か。あとで、僕からも電話をしておくよ。

　女：はい。よろしくお願いします。

　男：今回のプロジェクトは大切だから、しっかり頼むよ。

　女：はい。

　部下は、このあとまず、何をしますか。

　1　取引先からのメールを確認する
　2　販売経路の詳しい資料を準備する
　3　上司に資料を確認してもらう
　4　取引先の担当者に電話する

【正答】　2
【解説】
　最初の問いかけの内容から、上司と部下の会話で、部下が会話のあとで何をすることになるかを

聴き取る問題であることがわかる。

　会話が始まって、男の人の言うことと話し方から、話題が、「部下が資料を準備できていることの確認だということ」と、「男の人が上司だということ」が推測できる。そのあと、男の人の質問に対して、部下の女の人は「①先週すでにメールで送った。②今朝、相手から詳細な資料が欲しいと言われた。③これからそれをそろえる」と答えている。つまり、部下はこれから③「詳細な資料を作る」仕事をすると述べている。よって、③が解答の候補だと認識できる。これに対して、上司は「できたら見せてくれ」と言う。これにより、部下は④「資料を上司に見せる」ことが必要になる。④も部下のすべき事柄の候補である。その後、話題は取引先の担当者が誰かという内容に転じ、上司は「僕から担当者に電話をする」と述べている。

　以上から、部下がすべきことは③「詳細な資料を作る」と④「資料を上司に見せる」であるが、順序は当然③「詳細な資料を作る」が先になる。問題は、「まず、何をしますか」なので、正解は③の内容に該当する 2 「販売経路の詳しい資料を準備する」である。 3 「上司に資料を確認してもらう」はその次にする行動である。 1 「取引先からのメールを確認する」はもうすでにしていることであり、 4 「取引先の担当者に電話する」は上司がすることなので不正解である。

2番

 🔊 Track23

　会議で、男の人が、アンケート調査の結果について話しています。男の人は、新車の開発で重視することは、何だと言っていますか。

　男：えー、まず、先日行いましたアンケート調査についてご報告いたします。我

が社の自動車をご購入いただいたことのある方に、車選びのポイントについてお聞きし、年代別にまとめました。その結果、20代・30代では、外観と性能を基準にしている方が多いことがわかりました。また、40代・50代では、安心して乗れること、乗り心地がいいことを挙げる方が多く見られました。それから、60代以上では、燃費がいいことを1番に挙げる方が多いという結果が得られました。今回の新車は、高齢者層がターゲットですので、このアンケート結果を踏まえて、今回は、特にこの点に力を入れて、開発に取り組んでいくことになりました。

男の人は、新車の開発で重視することは、何だと言っていますか。

1 デザイン

2 走行性

3 安全性

4 経済性

【正答】 4

【解説】

　男の人がアンケート調査の結果について話している。ここで必要なことは、新車の開発で重視すべきは何かを聴き取ることである。この問題は、会話ではなく1人で話していて、しかも発表なので、論理的な展開が期待される。そのつもりで聴き取るようにするとよい。

　話の流れを追うと、男の人は、まず車選びのポイントを年代別に報告している。その結果、「20代・30代は外観と性能」「40代・50代は、安心して乗れること、乗り心地」「60代以上では燃費がいいこと」と述べている。論理的な展開というこ

とを考えると、この年代別の結果は質問と関連することが予測されるので、頭の中で整理しておきたい。そして、男の人は次に、「今回の新車は高齢者層がターゲット」だから「この点に力を入れて開発に取り組んでいく」と述べている。つまり、高齢者の意見が大事だと述べているのであり、高齢者の「燃費がいいこと」という意見を重視すると言っているのである。

　そこで、これに合う選択肢を選べばよい。すると、選択肢の中では　4　「経済性」が該当する。その他、　1　「デザイン」と　2　「走行性」は、20代・30代の外観と性能に当てはまり、　3　「安全性」は40代・50代の、安心して乗れることに当てはまる。よって、　4　が正解である。

3番

Track24

取引先の男の人から、上司あてに、電話がかかってきました。女の人は、上司が戻ってきたら、どのように伝えますか。

女：お電話ありがとうございます。フジ物産営業部、林でございます。

男：私、ミヤタ食品の田中と申します。いつもお世話になっております。

女：お世話になっております。

男：あの、加藤課長はいらっしゃいますか。

女：申し訳ございません。加藤は、ただいま外出しておりまして、私でよろしければ承りますが。

男：先日、加藤課長にお願いした件で、確認したいことがありますので、直接お話しできればと思うのですが。

女：さようでございますか。加藤は4時頃、戻る予定となっております。戻りましたら、加藤からお電話させるようにい

たしますが。

男：あ、いや、私もこれから外に出てしまうので……。それでは、メールをお送りしますので、お手数ですが、そちらをご確認いただいて、ご返信いただきたいとお伝えくださいますか。

女：かしこまりました。

女の人は、上司が戻ってきたら、どのように伝えますか。

　1　取引先に、すぐに電話してほしい
　2　取引先から確認したいことがあると、電話があった
　3　取引先が、4時頃に電話をしてくれる
　4　取引先からのメールを確認し、返信してほしい

【正答】　4
【解説】
　取引先から上司あてに電話がかかってきたという場面が設定されている。2人の最初の数度のやりとりで、上司が不在だとわかる。そのときに、電話を受けた女の人が、応対の結果を、上司が戻ったときにどのように伝えるべきか、というのが質問の内容である。したがって、女の人の立場で会話を聴き取るようにしなければならない。

　会話では、女の人が不在の課長に代わって話を聞こうとする。それに対して、相手の男の人は「確認したいことがあるので直接話したい」と言う。そこで、女の人が「4時頃戻る予定で、戻ったら電話させる」と提案するが、男の人は、結局「メールを送るので、それを確認して返信してほしいと伝えてくれ」と述べる。女の人もそれで「かしこまりました」と言っているので、この最後の内容が正解になる。

　よって、　4　「取引先からのメールを確認し、

返信してほしい」が正解となる。2「取引先から確認したいことがあると、電話があった」は内容的には間違っていないが、4のほうが最終的でより的確な内容である。よって正解は4となる。1「取引先に、すぐに電話してほしい」、3「取引先が、4時頃に電話をしてくれる」は話の中に登場しない内容であり、不正解である。

4番

 ⊚Track25

男の人と女の人が、新しいシステムの導入について、話しています。女の人は、このシステムの導入による最大のメリットは、何だと言っていますか。

男：そういえば、来年度から新システムを導入するんだって？

女：はい。これまでは、週明けに売り場で商品の数を確認して、必要な数を台帳に記入して発注していましたが、新しいシステムですと、携帯用の端末に商品の数を入力するということになります。

男：携帯端末に数を入力するだけでいいの？

女：はい。店頭に今ある数を入力して、携帯端末のデータを送信すれば、自動的に足りない分が発注されます。

男：これまでのように、発注書を作成して、業者にＦＡＸしてっていうプロセスは、なくなるわけだね。

女：ええ。現場の手間がかからなくなるというのが、1番の利点です。ほかにもメリットがあって、例えば、うちの店で商品が足りなくて、よその店で余っているような場合は、よその在庫をう

ちに回してもらうことなんかもできるんですよ。

男：てことは、その逆もできるんだね。

女：はい。

男：そうか。じゃ、売れ残った商品を値下げして売るなんてこともしなくてもよくなるのか。

女：はい。

女の人は、このシステムの導入による最大のメリットは、何だと言っていますか。

1　商品を早く調達できること
2　社員の作業が少なくなること
3　価格の設定が自由にできること
4　在庫のロスを防げること

【正答】　2

【解説】

　男の人と女の人が2人で、新しいシステムの導入について話している場面である。会話の流れを追うと、システムのメリットについて、女の人が中心になって説明している。質問は、女の人がシステム導入による最大のメリットを何だと言っているか、というものである。したがって、女の人が何をメリットとして強調しているかを聴き取るようにするとよい。

　女の人は新システムのメリットについて、いくつも述べている。例えば、発注が携帯用の端末に商品の数を入力するだけでよいとか、よその店との間で在庫を融通し合えるとか、売れ残った商品を値下げしなくてよいとか、次々に述べている。その中で最大のメリットだと述べているところがあり、それを聴き逃してはいけない。それは、「現場の手間がかからなくなるというのが、1番の利点です」というセリフである。

　それを踏まえて選択肢を聴くと、2「社員の

作業が少なくなること」が該当する。そのほかの
1「商品を早く調達できること」、3「価格
の設定が自由にできること」、4「在庫のロス
を防げること」は、女の人が個別に挙げていたメ
リットではあるが、1番のメリットとして挙げた
ものではない。よって、正解は2である。

5番

 🔊 Track26

上司と部下が、業務アシスタントの採用に
ついて、話しています。上司は、採用に関
して何を重視するようにと言っていますか。

男：面接、終わった？
女：はい、先ほど終了しました。
男：決まったの？
女：応募者は4人だったんですが、迷って
　　いて。2人は、以前に似たような仕事
　　をしていたことがあるみたいで。
男：そうか。今回は即戦力が欲しいから、
　　そのうちの1人でいいんじゃないか？
女：それが、1人はちょっと性格が暗そう
　　だったり、もう1人は融通がきかなさ
　　そうだったり……。
男：そうか。で、ほかの2人は？
女：はい。どちらも業務経験はないようで
　　すが、1人は、受け答えもはっきりし
　　ていて感じもよくて、社内、社外を問
　　わず、コミュニケーション能力は大切
　　ですし、私は、この人がいいと思うの
　　ですが。
男：そうか。でもそうは言っても、今欲し
　　いのは即戦力だからね。やはり最初に
　　話していたうちのどちらかということ
　　になるね。
女：わかりました。

上司は、採用に関して何を重視するように
と言っていますか。

1　業務経験
2　明るい性格
3　柔軟な対応力
4　コミュニケーション能力

【正答】　1
【解説】
　問いかけで、上司と部下が人事の採用に関して
話をしているとあり、問題は「上司が採用で何を
重視するか」である。したがって、会話からどち
らが上司であるかを聴き取り、その人物が何を重
視しているかを聴き取るようにする。
　冒頭の2人の発話をそれぞれ聴くと、敬語の使
い方から男の人が上司だとわかる。よって、以下、
男の人の意見を中心に聴き取るようにする。
　会話の場面では、面接が終わったばかりで、女
の人は面接に立ち会っていて、その内容を上司に
説明している。応募者がどういう人物だったかを
詳しく説明し、自分の意見も述べている。
　しかし、ここで必要なのは上司の考えなので、
女の人ではなく、男の人の意見に注意する。する
と、「今回は即戦力が欲しいから」「今欲しいの
は即戦力だからね」というセリフがあり、ほかに
は何も出てこない。つまり「即戦力」がキーワー
ドなのである。
　これを踏まえて、選択肢を聴くと、1「業務
経験」が有力である。実際に経験をしていれば、
当然、すぐに仕事上の戦力として使えるからであ
る。そのほかの2「明るい性格」、3「柔軟
な対応力」、4「コミュニケーション能力」は、
いずれも女の人が述べていたことに関係している
ものであって、男の人は問題にしていない。よっ
て、正解は1である。

114

6番

　🔊 Track27

男の人と女の人が、電話で話しています。
女の人は、このあとまず、どこにＦＡＸを
送りますか。

女：はい、ミドリ電機営業部、山田でござ
　　います。
男：あ、山田さん、佐藤です。
女：あ、佐藤さん、お疲れ様です。今日
　　は大阪に出張でしたよね。
男：ええ、そうなんです。で、あの、お願
　　いがあるんですが。
女：はい。何でしょうか。
男：私のデスクの上に、ＡＢＣ産業さんあ
　　ての見積書が置いてあると思うんで
　　すが。
女：ええと、はい、ありました。
男：それをですね、ちょっと修正したいん
　　で、こっちにＦＡＸを送っていただき
　　たいんです。
女：こっちって、今どちらですか？
男：今ちょうど工場での打ち合わせが終
　　わったところで、これから大阪支社に
　　寄りますので、そちらに。
女：わかりました。
男：で、修正箇所を確認次第、電話しま
　　すので、そこを直して、ＡＢＣさんに
　　ＦＡＸしてほしいんです。
女：はい。
男：で、そのあと、それを課長に届けてお
　　いてください。
女：はい、わかりました。

女の人は、このあとまず、どこにＦＡＸを
送りますか。

1	本社営業部
2	取引先
3	工場
4	支社

【正答】　4

【解説】

　問いかけでは、男の人と女の人の電話での会話
であること、そして、質問の内容が女の人がＦＡＸ
をどこに送るか、ということしかわからない。

　質問内容を頭に置いて、２人の会話を聴く。最
初の２、３のやりとりから、２人が同僚であるこ
と、男の人が出張していることがわかる。そして、
次に男の人が見積書を修正のためにＦＡＸで送っ
てほしいのだとわかる。

　ここまでで、状況が明らかになったわけで、解
答にかかわるのはここからである。男の人の
「こっちに」に対して、女の人が「こっちって、
今どちらですか？」と尋ねる。ここが大事で、次
の男の人のセリフをきちんと聴き取らないといけ
ない。それによると、男の人は、今は工場にいる
が、次に大阪支社に移動するのでそちらに送って
ほしいと述べている。ここで、送る先が、工場で
はなく大阪支社だと正しく聴き取らねばならない。
その後の会話は、男の人が送ってもらった書類を
修正してからのことが説明されている。

　よって、正解は 4 「支社」である。3 「工
場」はそのときいる場所であり、送る場所として
は不正解である。1 「本社営業部」と 2 「取
引先」は、男の人が修正したあとで、それを女の
人が渡したり送ったりするところである。確か
に女の人は、1 「本社営業部」にも 2 「取引
先」にも送ることになるが、質問は「女の人は、
このあとまず、どこにＦＡＸを送りますか」とい
うもので、「このあとまず」が重要なポイントで
ある。よって、1 2 は正解にならない。

男の人が、取引先の女の人と新製品について話しています。新製品は、いつ納品することになりましたか。

男：このたびは当社の新製品を採用してくださいまして、本当にありがとうございます。

女：こちらこそ。今後ともよろしくお願いします。

男：はい、どうぞよろしくお願いいたします。

女：それで、新製品はいつ届けていただけるんでしたっけ？

男：初回のものは、来月10日に納品させていただく予定です。

女：ああ、そうでした。来月10日……。

男：もう少し早いほうがよろしいでしょうか？

女：そうですね。もし可能であれば。

男：わかりました。来月の5日にお届けできます。いかがでしょうか？　もし今月中にというお話であれば、1度社に戻って確認をさせていただきたいのですが。

女：いえいえ、それで十分です。ありがとうございます。

男：わかりました。ではそのように手配させていただきます。

女：よろしくお願いします。

新製品は、いつ納品することになりましたか。

1　今月中に納品する

2　来月5日に納品する

3　来月10日に納品する

4　来月中に納品する

【正答】 2

【解説】

　男の人と女の人が会話をしている場面である。質問が「新製品はいつ納品することになりましたか」というものなので、会話は、当然新製品の納品時期に関するものと推測される。そこで、そのつもりで聴き取るようにするとよい。

　会話では、あいさつがあって、そのあと、納品時期の話になる。まず、男の人が「来月10日に納品させていただく予定です」と言う。話はこれで終わらず、男の人が、新しい提案をする。それが2案あり、1つは「来月の5日」で、もう1つは「今月中」である。そして「今月中」なら会社に戻って確認する必要があると述べている。それに対して、女の人は「いえいえ、それで十分です」と答えている。この文の意味を正しく解釈できることがこの問題のポイントである。「いえいえ」と「十分です」に着目すると、「今月中にとまで提案してもらったが、（いえいえ）そこまでしなくても、来月5日で十分です」の意味だと理解できる。

　このあと、男の人は「ではそのように手配させていただきます」と述べているので、正解は 2 「来月5日に納品する」である。なお、 4 「来月中に納品する」は会話にも出てきていないので、論外である。よって、正解は 2 「来月5日に納品する」である。

8番

🔊　⊙ Track29

上司と部下が、話しています。上司は、今日のスケジュールの何を変更するように言っていますか。

女：部長、先ほど、ミドリ商事の営業部長の田中様からお電話がありまして、緊急に相談したいことがあり、5時以降に来てほしいとのことでした。

男：そうか。緊急というからには、何かあるのかな……。どのくらいかかるか言ってた？

女：あ、1時間ほどあればということでしたが。

男：そうか。午後、どうなってたっけ？

女：えーと、4時より営業会議が入っております。そのあと6時からは、ヤマト産業との会食ですね。

男：そうか……。営業会議は予定通り5時に終わるだろうから、そのあとミドリ商事に行くよ。でも、ヤマトさんとの会食には間に合わないな。場所はどこだっけ？

女：第1ホテルのレストランです。

男：あ、だったら車を使えば5分もあれば行けるな。申し訳ないけど、開始を30分ほど遅らせてもらおうか。

女：はい、じゃあ連絡しておきます。

男：ミドリ商事には僕から連絡するよ。

女：はい。

上司は、今日のスケジュールの何を変更するように言っていますか。

|1| 営業会議の時間
|2| 営業会議の場所
|3| 会食の時間
|4| 会食の場所

【正答】　|3|

【解説】

　場面は上司と部下の会話である。問いかけから、話題は上司のスケジュール変更だと予測できる。

　それを念頭に置いて会話を聴くと、最初の女の人の発話で、上司に5時以降に急用が入ったという事情がわかり、その用事には1時間ほどかかることが明らかになる。そうした条件下で、上司のスケジュール変更が検討されるのである。

　上司が午後の予定を尋ねたのに対して、部下によってそれまでの予定が確認され、4時からの営業会議と6時からの会食の予定が明らかになる。そして、上司は「営業会議は予定通り5時に終わるだろうから、そのあとミドリ商事に行く」「でも、ヤマトさんとの会食には間に合わない」と述べている。その後、場所を確認した上で、「開始を30分ほど遅らせてもらおうか」と言い、部下が「じゃあ連絡しておきます」と答えている。このことから、会食には予定通りでは間に合わないので、30分ほど遅らせるという変更がなされることがわかる。

　よって、正解は|3|「会食の時間」である。|1||2|の「営業会議」は全く関係ないし、|4|の「会食の場所」は変更がない。

117

9番

🔊 　　　　　　　　　　　　　🎧 Track30

あるメーカーの創立記念式典で、社長が話しています。社長は今後、どんなことを目標にすると言っていますか。

女：我が社は創業以来80年、医療機器メーカーとして、医療技術の向上に貢献してまいりました。私たちは、検査や治療の迅速化・正確性を実現するためのシステムを構築し、国民の健康の維持に寄与してまいりました。その際に医療機器が果たした役割は、きわめて大きなものでした。我が社はこれまで、医療の現場にさまざまな提案を行ってきたわけですが、当社の機器を導入してくださったお客様からは、診察や経過観察、検査において正確なデータが迅速にとれたという声が、多数寄せられるようになりました。これからもお客様のニーズに応え、さらに精度が高く、安全で正確な商品作りを目指します。

社長は今後、どんなことを目標にすると言っていますか。

1　医療技術を向上させること

2　国民の健康維持に寄与すること

3　医療機関に機器を導入させること

4　信頼性の高い医療機器を作ること

【正答】　4

【解説】

　問いかけから、あるメーカーの社長が創立記念式典で、会社の今後のことを話しているものだと予測できる。その中で、質問は、社長が掲げる目標は何かというものである。

　社長の話の最初の部分から、会社は医療機器メーカーで、その創立記念式典でスピーチをしていると思われる。社長は、その中で、会社として目指すことを述べているが、今後にかかわる言葉が出てくるのは、最後の「これからもお客様のニーズに応え、さらに精度が高く、安全で正確な商品作りを目指します」という部分だけである。それ以外は「～してまいりました」「～でした」「～なりました」と過去の話が続いている。

　よって、社長の最後の発言部分に合う選択肢は4「信頼性の高い医療機器を作ること」である。1「医療技術を向上させること」、2「国民の健康維持に寄与すること」、3「医療機関に機器を導入させること」はいずれも、この会社が過去に行ってきたことなので不正解となる。

10番

🔊 　　　　　　　　🔘Track31

会議で、自社製品の販売促進について話しています。女の人は、このあと、何についての提案書を作成しますか。

男1：次に、単身者用の家電のセット販売拡大についてだけど……。この地域だけ売れ行きが悪いから、どうにかしたいんだが。

女　：先日、会議で出た大型量販店の出店計画については、すべて白紙になりそうですからね。

男1：量販店で販売してもらえるのが、1番効率的なんだがなあ。

男2：となると、いよいよ地域の専門店頼りになりますね。

男1：うーん、ただ、専門店だけでは、どうしても大幅な売り上げ増につながるとは思えないからなあ。

男2：では大型スーパーはどうですか？あの駅前の。

男1：いや、あそこは自社ブランドの製品しか置かないから、無理だよ。

女　：あのう、インテリアショップはどうでしょう。ちょっとおしゃれなショップには、モダンな家電製品も置いてありますよね。製品を厳選する必要はありますが、先方にとってもメリットがありますし、新しい販路を開拓する価値はあると思うんですが。

男2：おもしろいですね。でもこの地域にそんな店、あるんですか？

女　：ええ、数箇所、心当たりがあります。

男1：よし、じゃ、その線でちょっと提案書を作ってみてよ。

女　：はい、わかりました。

女の人は、このあと、何についての提案書を作成しますか。

1　家電量販店との取り引き
2　専門店との取り引き
3　大型スーパーとの取り引き
4　インテリアショップとの取り引き

【正答】　4
【解説】

　場面は、販売促進の会議であり、この問題では3人の人物が登場する。そのうちの1人である女の人が、議論の中で提案書を作成することになるが、それは何についての提案書なのかを聴き取ることが求められている。

　会話の最初のほうの「大型量販店の計画が白紙になりそうだ」という発言をきっかけにして、売り込み先として、「地域の専門店」「大型スーパー」が提案されるが、いずれも難点が指摘される。その後、女の人が「インテリアショップ」を提案して、男の人の1人が「おもしろい」と言い、もう1人が「提案書を作ってみてよ」と言う。最後に女の人が「わかりました」と言っているので、正解は4「インテリアショップとの取り引き」となる。

　ほかの選択肢にある「家電量販店」「専門店」「大型スーパー」は、いずれも議論の中で否定されたものである。よって、それらはいずれも不正解である。

第2部 聴読解テスト セクション1
── 状況把握問題──

PART 2 Listening & Reading Test Section 1

模擬テスト ▶ 29～32ページ

◆問題を解く際の留意点◆

　写真を見ながら、2人の会話を聴いて、どのようなことを話題にしているかを推測する問題である。解答は、文字によって示される4つの選択肢から1つを選ぶ。

　問題を解くにあたって、写真を見ると、その状況によって話題が大まかに絞られることがある。例えば、上司と部下なのか、同僚なのか、取引先との会話なのかが推測できることで、話題も少しは限定されるだろう。また、写真に出てくる人物が持っている品物も話題に関係してくるだろう。

　写真によって、ある程度の予測を持った上で、会話を聴くようにする。会話は断片的なものなので、会話に出てくる単語がどのような分野や領域の語であるかの知識を利用するとよい場合もある。質問は話題が何かということなので、1つ1つの語句の意味を厳密に聴き取ろうとするのではなく、何について話しているかを把握することに努めるとよい。

1番

 Track34

男の人と女の人が、話しています。何について、話していますか。

男：はい、これで終わりました。
女：どうですか？　何か異常あります？
男：いや、特に何もないです。また来月伺いますので。
女：お願いします。

何について、話していますか。

【正答】　4
【解説】

　写真を見ると、男の人と女の人がコピー機の前で話している。そのことを念頭に置いて、2人の会話を聴くようにする。まず、男の人が「終わりました」と言う。この時点では、男の人がコピーするのが終わるのを、女の人が待っている場面の可能性もある。しかし、女の人が「何か異常あります？」と尋ねるセリフから、その可能性がほぼなくなる。その後の、男の人が「何もない」というセリフと合わせると、男の人がコピー機についての異常を調べていたと推測できる。さらに男の人は、「また来月伺いますので」と言っているので、定期的な仕事だと考えられる。

　以上から、ポイントは「異常を調べる」「定期的な」仕事である。選択肢を見ると、いずれも「コピー機の」と始まっていて、違いは「修理」「購入」「設置」「点検」の部分である。「購入」「設置」自体には、異常を調べることとは関係がない。残る「修理」と「点検」のうち、定期的な仕事に当てはまるのは「点検」である。よって、正解は 4 「コピー機の点検」である。

2番

　Track35

男の人と女の人が、話しています。何について、話していますか。

男：うん、なかなかだね。これならアピール効果十分だね。
女：そうですね。サイズもちょうどいいですね。
男：新製品の特長もわかりやすいし、色もきれいだ。
女：はい。じゃ、これで印刷に出しましょう。

何について、話していますか。

【正答】　2

【解説】

　写真を見ると、男の人と女の人が、互いにリーフレットのような書類を見ながら話している。女の人は、書類を筆記用具で指し示している。このことから、書類にかかわる話題だと推測できる。

　2人の最初の会話では、「アピール効果十分」「サイズもいい」ということが述べられている。ここから、その書類が何かをアピールするのに効果的で、その大きさもいいと言っていると解釈できる。次に「新製品の特長もわかりやすいし、色もきれいだ」と述べていることから、その書類が新製品の特長を示しているものだとわかる。要するに、2人は新製品の特長を記した書類を見てほめていると考えられる。最後に「これで印刷に出そう」と述べているので、2人は、新製品の特長を述べた書類がそれでいいかどうか、どこか修正する必要がないかを話し合っていたと考えられる。

　選択肢は、いずれも「新製品の」と始まり「企画」「宣伝」「開発」「製造」と続く。問題を解くにあたっては、「企画」「宣伝」「開発」「製造」が、それぞれ「新製品の特長を述べた書類の検討」という行為と結びつくかどうかを判定することになる。すると、「宣伝」は当てはまるが、それ以外は当てはまらない。よって、正解は 2 「新製品の宣伝」となる。

3番

　Track36

男の人と女の人が、話しています。何について、話していますか。

女：では、毎月20日請求締めの月末引き落としでよろしいでしょうか？
男：月末が土日の場合は、どうなるんですか？
女：その場合は、翌営業日になります。
男：そうですか、じゃ、それでお願いします。

何について、話していますか。

【正答】　1

【解説】

　写真では、男の人と女の人が、テーブルをはさんで話をしている。テーブルには飲み物が置かれている。2人のようすからは、同僚が話しているというよりは、異なる会社の2人が話している可能性が高いと推測される。

　それを踏まえて、最初の女の人の発言を聴くようにする。そこで、2つのことを聴き取りたい。1つは、「毎月20日請求締め」と「月末引き落とし」という語句が使われていること、もう1つは、「よろしいでしょうか」という表現である。前者の2つの語句には「毎月20日」「月末」という日付と「請求締め」「引き落とし」という支払いに

かかわる語が含まれている。後者の敬語の使い方から、やはり同僚ではなく、異なる会社の２人だと確認できる。

その次の男の人のセリフは「月末が土日の場合はどうなるのか」という質問であり、女の人が「翌営業日になる」と答えている。この２つ目と３つ目のセリフは、日付にかかわる会話と言える。そして、最後は男の人の「それでお願いします」で終わっている。

以上から、ポイントは、最初のセリフにあった「日付と支払い」にかかわる事柄だと考えられる。すると、1「支払の日付」が、このポイントにぴったり合っている。これ以外は、2「口座の開設」、3「請求の金額」と支払いにかかわる語は出てくるが、日付にはかかわらない。4「納品の方法」は支払いにも日付にも関係がない。よって、正解は1である。

4番

 ⓢＴrack37

上司と部下が、話しています。何について、話していますか。

女：来週の火曜日はどうですか？
男：いや、その日は午前中、こっちで打ち
　　合わせがあるからなあ。
女：そうですね。午後から移動することに
　　なると、あまり時間がないですね。
男：うん。せっかくの機会だから、工場の
　　視察だけじゃなく、いろいろ話し合い
　　たいこともあるし、やっぱり別の日の
　　ほうがよさそうだな。

何について、話していますか。

【正答】　1
【解説】

写真では、男の人と女の人が書類を見ながら話している。問いかけから、２人が上司と部下だとわかるので、年配の男の人が上司で、部下である女の人が男の人に書類を見せながら話していると推測できる。

最初に、女の人が「来週の火曜日はどうか」と尋ね、男の人が、その日は都合が悪いと答えている。次に女の人が「午後から移動するとなると時間がない」と言い、最後のセリフでは、「別の日のほうがよさそうだ」となっている。

以上から、話題はスケジュールにかかわると考えられる。それに加えて重要なのは、３番目のセリフの「移動する」、最後のセリフの「工場の視察だけじゃなく」である。つまり、会話は「移動して、そこでは工場の視察も行う」行為が話題にかかわっている。ビジネス社会で、この行為に相当するのは「出張」だと考えられる。

よって、会話は、出張について、最初の提案「来週の火曜日」に対して「別の日のほうがよさそうだ」という結論に至ったものだと聴き取れる。つまり、２人が話しているのは、出張のスケジュールにかかわることだと考えることができる。

1が「出張の日時」であり、上に考えた正解の条件に当てはまる。2「出張の場所」については「場所」が会話の中に登場していないので不適切である。3「移動の手段」、4「移動の目的」も同様に「手段」「目的」にかかわることが会話に出てきていない。よって、正解は1である。

5番

🔊 Track38

男の人と女の人が、話しています。新店舗の何について、話していますか。

女：田中くん、お疲れ様。現地はどうだった？

男：話に聞いていた通り、人通りが多かったです。

女：それなら、お店のターゲットである若いお客様も、たくさん来てくれるよね。

男：はい、それに何より駅前で非常にアクセスがいいんです。

新店舗の何について、話していますか。

【正答】　2

【解説】

　写真では、男の人と女の人がテーブルに並んで腰かけて話をしている。2人の前には書類が広げられている。問いかけでは、「新店舗の何について、話していますか」とあるので、話題の大きなテーマは新店舗であり、解答のためには、その新店舗の何について話しているかを聴き取ることになる。よって、会話が「新店舗」とどのように結びついているかを考えながら聴くとよい。

　最初のセリフは、女の人が「お疲れ様」と男の人をねぎらったあと、「現地はどうだった」と尋ねている。それに対して男の人は「人通りが多かった」と答え、女の人は「それなら、若いお客様も来てくれるよね」と同意を求めている。会話のこのあたりで、「現地というのが、新店舗ができる場所で、人通りが多くて若い客が来てくれる」ということを話していると想像できる。最後は、男の人が「駅前でアクセスがよい」と言っ

いて、その場所（現地）が新店舗に適していると述べていると考えられる。

　以上から、話題は、ある場所（現地）について、新店舗の場所として適しているかどうかということだと判断できる。1 は「案内状が必要か」だが、案内状にかかわることは会話に全く出てきていない。2 「候補地が適切か」は、「現地が新店舗の候補地として適しているか」なので、条件に合う。3 「来客数が多いか」は、「若いお客様もたくさん来てくれるよね」というセリフとは関連するが、会話全体の流れからすると中心の話題ではない。よって不適切である。4 は「開設費用が十分か」とあるが、「開設費用」はもちろん、金銭にかかわることは会話に全く出ていないので、これも不適切である。よって、正解は 2 である。

第2部　聴読解テスト　セクション2
—— 資料聴読解問題——

PART 2　Listening & Reading Test　Section 2

模擬テスト ▶ 33〜43ページ

◆問題を解く際の留意点◆

　問題は、視覚資料が示され、それに関する説明と質問が音声で流れる。課題としては、その音声による質問の答えを4つの選択肢から1つ選ぶ。選択肢は、文字による語句で示している場合と、視覚資料の中の一部を直接指定した4箇所の場合とがある。

　視覚資料で示されている事柄を理解した上で、質問の意味を聴き取り、それに対する解答を考えるという過程をとるのが、この問題の解き方である。

　視覚資料には、グラフや表、あるいは文書などさまざまなものがある。よって、まずその資料がどういうものかを認識した上で、質問を聴き取るようにするのがよい。なお、資料がどういうものなのかは、音声でも説明される。

　問題によっては、資料の隅々まで把握する時間的な余裕のないものもある。その場合は、資料がどういうものかの性格を把握した上で、質問の意味を聴き取り、解くのに必要な資料の部分がどこかの見当をつけて探し、そこから解答を導くようにしなければならない。

【 1番 】

 　　　　　　　　　　Track41

　席に戻ると、机の上に、次のようなメモがありました。メモを見たあと、どうしますか。

【正答】　1

【解説】

　視覚資料はメモである。メモを見て、自分がそのあと、まず何をすべきかを把握する能力を問う問題である。

　この問題では、まずメモが、誰が自分にどういうことを伝えようとするものなのかを読み取り、次にメモの伝言内容を把握し、自分に何が求められているかを判断しなければならない。

　まず、メモから自分が「鈴木さん」の立場にあること、メモは「井上さん」が書いたもので、「武田商事からの電話」の内容を伝えるものであることを読み取る。それによって、武田商事からの電話内容を示す箇所は「先日メールで……に変更してほしい」だと認識できる。

　次に、自分が求められていることを考える。すると、「返事をお待ちですので、至急先方にご連絡ください」だと読み取れる。つまり、武田商事に至急連絡することが求められているのである。これが正解の条件である。

　1 は「取引先にすぐ電話をする」であり、求められている「至急連絡すること」に合っている。2 「取引先にすぐメールをする」、3 「取引先に今日中にメールをする」は「連絡をとろうとする」という点では条件に合うが、確実に連絡がとれるまでに時間がかかってしまうおそれがある。そのため、至急連絡する点では適切ではない。4 「取引先に今日中に商品を届ける」は全く条件に外れている。よって、正解は 1 である。

2番

🔊 Track42

　次は、本社までの交通手段ごとの所要時間と費用のリストです。予算は、往復で2万円です。予算内で最も早い交通手段はどれですか。

【正答】　2

【解説】

　視覚資料には、本社までの複数の交通手段ごとに、所要時間と費用が示されている。課題は、往復2万円以内で最も短時間で行ける交通手段を選ぶというものである。

　まず、予算で絞ってみる。改めて表の1行目を見ると、「費用（片道）」とある。よって、片道1万円以内でないといけない。すると、C・Dは排除されてA・Bが残る。次に、A・Bのうちで、短時間で行けるものを選ぶと、3時間のBとなる。なお、時間も「時間（片道）」だが、時間のかからないものを選ぶだけなので、「片道」であることは関係がない。

　以上から、正解はB、すなわち2となる。

3番

🔊 Track43

　次のようなメールが届きました。会議の当日、何時までに会議室に行かなければなりませんか。

【正答】　2

【解説】

　視覚資料はメールである。届いたメールから、

課題の「会議に際して会議室に何時までに行かねばならないか」を読み取る問題である。

　メールの上の部分をざっと見よう。すると自分は「鈴木三郎」の立場にあり、メールは秘書室の山本華子から送られてきていて、用件は会議時間の変更であることがわかる。課題の会議室に何時に行くべきかに直接かかわる内容と推測できる。

　そこで、内容を順に読んでいくとよい。まず、会議そのものの開始が、午前10時から午後1時半に変更になったとある。そして、開始10分前には会議室に来るようにとあるので、結局、午後1時20分に行かねばならないことになる。

　2「13時20分」は午後1時20分にあたるので、正解は2である。1は時間変更前の10時の10分前、3は会議の開始時間、4は会議の終了予定の10分前にあたるが、いずれも不正解である。

4番

🔊 Track44

　次のグラフは、あるデパートの4つの店舗における過去4年の集客数の推移を表しています。集客数を着実に伸ばしているのはどの店舗ですか。

【正答】　2

【解説】

　視覚資料はグラフで、デパート4店の集客数が年単位で4年分、棒グラフによって示されている。それに対して、質問の内容は集客数を着実に伸ばしている店舗はどれかというものである。

　「集客数を着実に伸ばす」という意味は、4年間で増えていること、さらにその増え方も、「着実に」とあるので、途中で減少せずに増えていることである。これを踏まえてグラフを見ると、A店は20X2年には前年より増加しているが、20X3

年に減少しているので条件に合わない。B店は4年間ずっと増加していて、条件に合う。C店は20X2年の段階で減少しているので条件に合わない。D店は20X3年までは増加しているが、20X4年に減少しているので条件に合わない。

以上から、正解はB店、すなわち $\boxed{2}$ である。

 Track45

次は、ある会議室の予約状況です。朝から1日、会議をする予定で、参加人数は12人です。使用料金を最も安くするためには、どこを予約しますか。

【正答】 $\boxed{1}$

【解説】

視覚資料は、会議室の予約状況を示す画面である。これを見て、問いかけの条件に当てはまる会議室を選び出す問題である。問いかけの条件は、「朝から1日」「参加人数12人」「使用料金を最も安く」の3つである。

画面を見ると、すでに候補が4つに絞られている。いずれも、午前・午後を通して空いているところである。よって、「朝から1日」の条件はすべてクリアされる。次に「参加人数12人」ということは、12人以上の部屋でないといけない。ただ、ここで注意すべきことは、画面上に「会議室AとBは、1つの部屋にしてご利用になれます」と述べられていることである。会議室のAとBを合わせると、13人入れる。よって、人数の観点からは、A＋B、C、Dの3つが条件に当てはまる。最後に、「使用料金を最も安く」という条件で、A＋B、C、Dを比べると、それぞれ5,000円、6,000円、8,000円となり、会議室A＋Bが1番安い。会議室AとBを合わせて借りるのは $\boxed{1}$ である。

 Track46

取引先から、次のような文書が届きました。製品展示会に行く場合には、どうしますか。

【正答】 $\boxed{3}$

【解説】

取引先から届いた文書を読んで、課題の「製品展示会に行く場合はどうするべきか」を読み取る問題である。

文書の内容は製品展示会の案内である。このことは文書の標題部分を読むことによって理解できる。一般にビジネス文書では、標題は、日付、受取人、差出人のあとにセンタリングをして書かれる。この標題で文書の主旨がわかる。

標題のあとには、あいさつが述べられ、本文が続く。実質的な用件は本文以下を読めばわかる。この文書の本文では、展示会を開催するという標題に合った内容が述べられている。そして、その後「なお」とあって「ご来場いただける場合は」と始まる。書き手にとって「ご来場いただける」は、読み手にとっては「展示会に行く」にあたる。よって、これに続く部分を注意して読むようにする。すると、「同封の申込書に必要事項をご記入の上、ご返送をお願いいたします」とある。申込書を返送するとは、郵送ないしFAXで送ることを意味すると考えられる。

それを踏まえると、$\boxed{1}$「直接会場に行く」、$\boxed{2}$「電話で申し込む」は不正解である。それに対して、$\boxed{3}$「文書で申し込む」は郵送でもFAXでも当てはまる。$\boxed{4}$「メールで予約する」は当てはまらない。よって、正解は $\boxed{3}$ である。

7番

🔊 Track47

次の広告は、コンビニエンスストア向けの新しいシステムに関するものです。このシステムでは、どんなことができますか。

【正答】　4

【解説】

　視覚資料の広告文書を見て、問いかけの内容を読み取る問題である。広告文書はコンビニエンスストア向けの新システムを案内するものであり、問いかけの内容は「このシステムはどんなことができるか」というものである。

　したがって、まず広告文書がどういうことを示しているかをざっと読み取るとよい。すると、絵の部分から、店舗A・B・Cがインターネットを通して管理されていることが読み取れる。書かれている文言には「離れた場所から各店舗の顧客入店者数や店員の動き等を把握できます」とあり、つまり、モニターカメラで本部から各店舗が管理されている、ということが推測される。

　これを踏まえて、選択肢を見てみよう。1「他店の動向を調査すること」は、「他店の」が不適当である。2「従業員を教育すること」は、教育に関して全く示されていないので当てはまらない。3「顧客の個人情報を管理すること」も、顧客の人数はわかると言っているが、個人情報については述べていないので当てはまらない。4「店舗を集中管理すること」は、まさにその通りなので、4が正解となる。

8番

🔊 Track48

次の表は、ビジネスセミナーの案内です。会社案内の作成担当者が参加する研修は、どれですか。

【正答】　4

【解説】

　視覚資料は一覧表で、内容は4種類の研修を紹介するビジネスセミナーの案内である。これを見て、問いかけの条件に当てはまる研修を選ぶ問題である。問いかけの条件は、「会社案内の作成担当者が参加する」である。案内には4つの研修が示されているので、その1つ1つが会社案内の作成担当者にとって関係のあるものかどうかを判断することになる。会社案内の作成担当者ということは、外部の人に向けて、企業の理念や業務内容、業績など、いわば企業プロフィールを発信することが主な仕事だと考えられる。

　それを踏まえて、表を眺めてみよう。1番目は「やさしい労務管理」で研修内容に「社員教育、福利厚生」という語が見える。これは社内の人を対象とする仕事だと考えられ、社外向けの会社案内とは関係がない。2番目は「ビジネスマナーの極意」で、説明から「ビジネスコミュニケーション」を学ぶことが目的だとわかる。会社案内の作成に直接かかわるとは考えられない。3番目は「最新のリスクマネジメント」で、危機管理にかかわる仕事の人向けである。会社案内の作成担当者には関係がない。4番目は「効果的な情報発信」で魅力ある紙面やサイトづくりにかかわるものである。これこそ、会社案内の作成担当者にぴったりの内容である。よって、正解は4である。

🔊 Track49

次の求人広告は、どのような会社のものですか。

【正答】　2

【解説】

　視覚資料の求人広告を見て、その広告がどのような会社のものかを判断する問題である。

　広告を見ると、家と母子と思われるイラストとともに「安全」という語が目に飛び込んでくる。「安全」がキーワードだと読み取れる。

　次に、説明を読むと「24時間皆様の安全を保障し、個人や企業の大切なものを守る仕事」をしていると書いてある。安全を保障して大切なものを守る仕事を頭に置いて、選択肢を見比べよう。

　1「保険会社」は、事故や災害が起こってしまったときに損害を補償するのであり、安全を保障することが仕事ではない。2「警備会社」は、事故や盗難が起こらないように警備するのが主たる仕事なので、安全を保障して大切なものを守る仕事に当てはまる。3「運送会社」と4「建築会社」は安全や大切なものを守ることにかかわるが、安全を保障して大切なものを守ることが主たる仕事とまでは言えない。

　以上から、正解は2となる。

🔊 Track50

取引先から、次のようなメールが届きました。商品が出荷できないのは、どうしてだと言っていますか。

【正答】　1

【解説】

　資料である取引先から届いたメールを読んで、問いかけで示された「商品が出荷できない理由」を読み取る問題である。

　文面は短い。最初のあいさつのあと、「ご注文いただいた商品ですが」と用件に入っている。「設計の一部に不具合が見つかり、原因解明のため調査を要する」とあり、そのために在庫品が出荷できないと述べている。したがって、商品が出荷できない理由は、設計の一部に不具合が見つかったことにある。

　これを踏まえて選択肢を読む。1「問題点が見つかったため」は、理由の「設計の一部に不具合が見つかった」に当てはまる。2「在庫がなくなったため」は、本文中に「在庫品の出荷を見合わせております」とあることから、在庫品はあるのだから当てはまらない。3「生産をとりやめたため」と4「生産ラインが止まったため」に関しては、「生産」も「生産ライン」も本文中に全く出ておらず関係がない。

　以上から、正解は1である。

第2部　聴読解テスト　セクション3
── 総合聴読解問題──

PART 2　Listening & Reading Test　Section 3

模擬テスト ▶ 45～55ページ

◆問題を解く際の留意点◆

　問題では、視覚資料が示され、それに関係のある会話、または、ひとまとまりの独話が流れる。その会話、独話を踏まえて、音声による質問の答えを4つの選択肢から1つ選ぶ。選択肢は、視覚資料の中の一部を直接指定した4箇所の場合がほとんどである。ただし、それ以外に、資料の中で指定された複数箇所が正解になる場合があり、その場合には、選択肢が複数箇所の組み合わせとして立てられている。

　なお、質問は、会話や独話の直前と直後の2回流れる。だから、直前の質問をきちんと聴き取って、特に注意して聴く事柄を意識して会話や独話を聴くようにするのがよい。そして、直後の質問で、自分の考えている解答でよいかを確認するようにしたい。

　問いかけの音声を聴きながら資料を確認し、まず、資料と会話の関係を把握するようにしたい。例えば、資料について訂正すべき箇所を2人が話し合っているとか、資料に書かれている項目の中から、2人が話し合って1つを選ぼうとしているとかである。

　そういう状況を踏まえた上で、会話の流れや独話で語られている内容の意味を理解し、質問に合う解答を求めるという手順をとるとよい。

1番

　🔊　　　　　　　　　　🎧 Track53

　新入社員が先輩に、海外関連のファイルについて尋ねています。新入社員は、どのファイルを見ますか。

男：先輩、アメリカのＡＢＣカンパニーとの取り引きについて資料を見たいんですが、この海外関係の棚の、どのファイルを見ればいいでしょうか？

女：それなら輸出実績か、海外取引顧客リストを見ればわかるんじゃない？
　　ああ、でも、具体的には何を調べたいの？

男：最近の円高でＡＢＣカンパニーへの出荷数がどれくらい落ち込んでいるのか調べるようにって、課長に言われましたので。

女：あー、それなら、北米支店の報告を見たほうが早いわね。

男：はい、わかりました。ありがとうございます。

　新入社員は、どのファイルを見ますか。

【正答】　4

【解説】

　視覚資料には4つのファイルが並んでいる。問いかけは、新入社員が先輩にファイルについて尋ねている状況だと述べ、質問は「新入社員はどのファイルを見ますか」とあるので、4つのファイルから1つを特定する問題だと理解できる。

　会話の最初のほうでは新入社員（男の人）が質問して先輩（女の人）が答える形式になっている。最初の質問に対して、先輩は輸出実績か、海外取

引顧客リストを勧める。これは$\boxed{2}$と$\boxed{1}$にあたると推測できる。しかし、先輩は、そのあとすぐに「具体的には何を調べたいの」と聞き返し、新入社員の答えに「北米支店の報告を見たほうが早い」と答えている。それで新入社員は「わかりました」と答えている。「北米支店の報告」なので、支店の報告である「海外支店の業務報告」が該当する。北米は北アメリカだから、北米支店は当然、海外支店に含まれる。よって正解は$\boxed{4}$となる。

2番

Track54

男の人が、お客と電話で話しています。男の人は、注文伝票のどこを変更しますか。

男：はい、ヤマダ製作所です。

女：田中屋ですが、いつもお世話になっております。

男：あ、先日はご注文をいただき、ありがとうございました。

女：その件でお電話したんですが、納期を1週間早めていただくことはできますか？

男：はい、できると思いますが、ただ今確認いたしますので、しばらくお待ちいただけますでしょうか？

女：ええ。あの、もし数量が足りないようでしたら、ある分だけでも先にいただきたいんですが。

男：承知いたしました。少々お待ちください。……お待たせいたしました。在庫はございますので、至急手配いたします。

女：すみません。よろしくお願いします。

男の人は、注文伝票のどこを変更しますか。

【正答】　$\boxed{4}$

【解説】

会話は、社員とお客との電話によるものである。資料は注文伝票で、そこに示された内容について交わされた会話の結論を把握する問題である。

会話の初めにはあいさつが交わされ、本題に入るのは、女の人の「納期を早めていただくことはできますか」という部分からである。それに対して、男の人は「できると思うが、確認する」と答えている。女の人はその後、「数量が足りないようならある分だけでも」と言うが、結局、男の人は「在庫はございますので、至急手配いたします」と答えている。つまり、納期を早めてほしいという女性客の希望通りになったということである。

選択肢を見ると、「納期を早める」にかかわるのは、$\boxed{4}$の出荷日である。納期とは納品を行う期日のことで、納品とは客のところに商品を納めることである。そしてその前段階として会社から商品を出荷するという行為が行われる。この資料は注文伝票であり、社内で出荷をする日を指定しているのである。納期を早めるためには、この日付を早める必要がある。よって、正解は$\boxed{4}$となる。

なお、納期と出荷日の関係がわからなくても、日時が問題だとわかれば、$\boxed{1}$か$\boxed{4}$が正解候補だとはわかるはずである。$\boxed{1}$の「受注日」は注文を受けた日だから、$\boxed{1}$は不正解で$\boxed{4}$が正解だと決めることができよう。

3番

🔊Track55

研修会で、講師の男の人が話しています。現在、プログラムのどこですか。

男：世代や立場が違うと、お互いに相手のことを理解するのが難しいこともあります。自分の仕事も忙しい中で、新人と素早くスムーズに意思の疎通をはかるには、どのようなことが必要でしょうか。私は、新人の指導をする中で、「聞く力」の大切さを実感しました。この「聞く力」とは、1つは、相手がうまく話せるように適切な質問をする力です。これは、尋ねる力といってもいいでしょう。もう1つは、相手の質問をよく聞いて、その裏にある思いを想像する力です。これらの力がつけば、相手の考えや、求めていることを効率よく理解でき、うまく意思の疎通をはかれるようになるはずです。

現在、プログラムのどこですか。

【正答】　3

【解説】

　この問題では、会話ではなく1人の講師による独話の内容を聴き取る。場面は研修会で講師が話しているという設定である。視覚資料にはプログラムが示されており、講師がプログラムのどこを話しているかを聴き取ることが課題である。

　講師の話の最初に出てくる「新人と素早くスムーズに意思の疎通をはかるには、どのようなことが必要でしょうか」というのが、話のテーマである。つまり、「意思の疎通をはかるのに大切

なこと」についてどう言っているかを聴き取るようにするとよい。すると、講師は「聞く力が大切だ」と述べている。この時点で、1「自分の知識不足に気づく」、2「自分の仕事を管理する」は関係がないと判断できる。

　講師はその後、「聞く力」には「尋ねる力」と「相手の質問をよく聞いて、その裏にある思いを想像する力」の2つがあると言い、さらに、この2つの力によって、相手の考えや、求めていることを効率よく理解できると言っている。つまり、聞くことで相手のことを理解できると述べているのである。要するに相手を理解することがテーマなので、正解は3となる。

　なお、4「わかりやすい話し方」は、「聞く力」の「聞く」という点では無関係ではないが、この講師の話は話し方についてではないので、正解にならない。

4番

🔊Track56

食品会社の上司と部下が、展示会の準備について、話しています。部下は、まだ準備が終わっていないのは、どの項目だと言っていますか。

女：展示会、いよいよ来月に迫ってきたわね。準備は順調？

男：はい、こちらが作業一覧なんですが……。先週、招待状の発送作業を終えました。

女：それなら一安心ね。イベント内容のほうは、どんな感じ？

男：はい。今回のイベントは、試食してもらうだけじゃなくて、実際にうちの商品を使った、簡単な料理を作るデモンストレーションを取り入れようと考え

ています。

女：へえ、おもしろそう。

男：ラッキーなことに、ちょうど隣のブースが、厨房（ちゅうぼう）設備機器を専門にしている会社で、そちらから、器具も講師もお借りする手はずが整ったんですよ。

女：へえ、それはいいわね。単独でやるより、集客力も増すんじゃない？

男：はい、だから、ブースに大勢のお客さんが集まっても見やすいように、全体の配置をどうするか、苦労しているんです。いずれにしても、必ず成功させます。

女：頼もしいわね。期待してるわ。

部下は、まだ準備が終わっていないのは、どの項目だと言っていますか。

【正答】 1
【解説】

　問いかけから、上司と部下が展示会の準備について話している場面であることがわかる。資料には、展示会の準備作業が一覧にして示されている。この問題での課題は、まだ準備が終わっていないのは、資料におけるどの項目だと部下が言っているか、というものである。よって、部下の発言に特に注意して聴くようにするとよい。

　会話を聴くと、上司に準備状況を問われた部下が、資料の項目に対応させて準備状況を説明していることがわかる。最初は「招待状の発送作業が終わった」ということで、2「事前発送準備」が終わったということになる。次の話題はイベント内容で、部下が説明して、上司が「おもしろそう」と言っている。よって3「イベントの内容決定」も終わっていることになる。それに対して、部下が「器具も講師もお借りする手はずが整った」と言っているので、4「機材手配」も

終わっている。最後に、部下が「ブースに大勢のお客さんが集まっても見やすいように、全体の配置をどうするか、苦労しているんです」と言って、これだけがまだ決まっていないことがわかる。この内容は1「ブースレイアウトの作成」に該当するので、正解は1となる。

5番

 Track57

男の人が、電話で、会社の場所を聞いています。会社はどこにありますか。

女：はい。立山工業の山本でございます。

男：あ、私、大山産業の高橋と申します。

女：大山産業の高橋様でいらっしゃいますね。いつもお世話になっております。

男：こちらこそ、お世話になっております。実は、今からそちらに伺いたいと思うのですが、場所がわからなくて……。どうやって行けばいいのかお尋ねしたいのですが。今、南町駅なんですが。

女：それでは、駅の南口を出てください。

男：はい。南口ですね。

女：そこから、東和タワーを背にして、まっすぐ歩いていただけますか。

男：東和タワーを後ろにまっすぐですね。

女：はい。そして2つ目の信号を右に曲がっていただいて、1つ目の角に公園があるかと思います。その前のビルの3階です。

男：1つ目の角を曲がるんですか？

女：いいえ、2つ目の信号です。

男：わかりました。

会社はどこにありますか。

【正答】　2

【解説】

　資料には地図が示されている。問いかけからは、男の人が電話で会社の場所を聞いている状況にあり、会社がどこにあるかを判断することが、この問題の課題だとわかる。

　会話では、互いにあいさつを交わしたあと、男の人が本題に入って会社までの道を質問する。その際に「今、南町駅なんですが」と述べている。よって、自分が南町駅にいるつもりで、女の人の説明に耳を傾けるようにするとよい。

　女の人の説明では「駅の南口から東和タワーを背にして歩く」ので、地図では下のほうに進むことになる。「2つ目の信号を右に曲がって」という説明で気をつけるべきことは、それが歩いている人への指示なので、地図の左右とは一致しないことである。つまり、「右に曲がって」は、示された地図のままなら左に曲がることを意味する。したがって、地図の左のほうにある公園の向かいの 2 が正解となる。

　なお、会話の中では、男の人の「1つ目の角を曲がるんですか」という誤った質問が出てきている。これにつられないようにしたい。

6 番

🔊　　　　　　　　　　　🎧 Track58

　上司と部下が、株主総会の案内状について話しています。部下は、案内状のどの部分に、文章を追加しますか。

女：課長、株主総会の案内状、ちょっと見ていただけますか？

男：うん。うーん、文章は型通りだね。日にちと時間は大丈夫？

女：はい。間違いありません。

男：会場は……、去年までは東洋ホテルだったんだよな。

女：はい、今年から変わりました。

男：うん。ひとこと、注意書きがあったほうがいいね。お間違えのないようにって。会場の項目か、1番下のスペースでもいいし、案内文の下でも。目立てばどこでもいいよ。

女：はい。……じゃあ、案内文のあとに「なお……」として入れておきます。

男：うん。議題は……、これでよしと。

女：はい、じゃあ直しておきます。

　部下は、案内状のどの部分に、文章を追加しますか。

【正答】　1

【解説】

　問いかけから、上司と部下の、株主総会の案内状についての会話であることがわかる。そして、課題は、案内状に文章を追加することになるが、それがどこなのかということである。それを会話から理解する問題である。

　会話を聴き始めると、部下が上司に、株主総会の案内状のチェックをしてもらっているのだとわかる。上司は、日時や場所を部下に確認していくが、会場について、去年と変わったことについて注意書きがあったほうがよいと指摘する。その注意書きを書く場所について、上司は「会場の項目か、1番下のスペースでもいいし、案内文の下でも。目立てばどこでもいいよ」と言う。それに対して、部下は「じゃあ、案内文のあとに『なお……』として入れておきます」と答えている。

　その後の会話で、訂正する内容のことは出てこない。よって、注意書きが追加されるのは、この部下の「案内文のあと」になる。ここで「案内文」と言うのは、本文のことを指す。本文は「さて」から「ご確認ください」までの部分である。

第2部　聴読解テスト　セクション3

133

よって、正解は [1] である。

　なお、案内文をこの文書全体と誤解して、正解を [4] だと考えられるかもしれない。「案内文書の下」と言えば [4] になるが、「案内文のあと」だと [1] となる。上司のセリフでも「1番下のスペースでもいいし、案内文の下でも」と述べている。「1番下」と「案内文の下」を明らかに区別している。よって、正解は [4] ではなく [1] となる。

7番

 Track59

　上司と部下が、スケジュールの変更について、話しています。上司は、どの時間帯に追加したスケジュールを入れますか。

男：佐藤部長、ちょっとよろしいですか？
女：ええ、なに？
男：例の共同開発の件で、ＡＢ産業の常務が、会って詳しい話を聞きたいとおっしゃっているんですが。
女：いつがいいって？
男：できたら来週の月曜日にお願いしたいと。時間はいつでもいいそうです。
女：そう。ちょっと待って。ええと、月曜のスケジュールは……。あ、結構入ってるわねえ。午前中の会議は大事な案件があるから、抜けるわけにはいかないし。大阪行きを遅らせようか。
男：この東西自動車さんとの商談は早めに切り上げられそうなんですか？
女：うーん、これもわりと面倒なのよね。
男：では、企画とのミーティングを前に持っていくわけには……。
女：うん。仕方ない。そっちは1時間もかからない予定だから、朝一番にしてもらえば2時間くらい空くから、ここに

ＡＢ産業を入れましょう。
男：はい、わかりました。

　上司は、どの時間帯に追加したスケジュールを入れますか。

【正答】　[2]
【解説】

　資料としては、11月25日のスケジュールが示され、問いかけにもスケジュール変更が話題だと示されている。上司と部下による会話を、資料と関連付けて聴いて、会話の結論を把握する問題である。

　会話では、部下が上司に、新しいスケジュールを追加する必要があることを述べ、どの時間帯にそのスケジュールを入れるかを上司が決めようとしている。

　追加するスケジュールとは、ＡＢ産業の常務と面会することであり、そのために、すでに決まっているスケジュールを変更しなければならない。面会の希望日時は、「来週の月曜日で、時間はいつでもいい」ということであり、これがスケジュール決定の条件の1つになる。

　上司と部下の会話で、「午前中の会議」「大阪出張」「東西自動車との商談」が、順に検討材料にされるが、いずれも変更することには至らない。そして、部下から「企画とのミーティングを前に持っていく」ことが提案され、上司は「朝一番にしてもらえば2時間くらい空くから、ここにＡＢ産業を入れましょう」と述べている。つまり、スケジュール表の「企画部打ち合わせ」を朝一番に移動させることによって、そこが2時間空くので、そこに追加するスケジュールを入れようと言っているのである。それを部下が「はい、わかりました」と受けているので、結論はこの案の通りになる。よって、正解は12：30〜14：30の [2] となる。

8番

　🔊Track60

セミナーで、講師の女の人が、顧客との商談の際の心得について話しています。講師は、見落としがちなのは、どの項目だと言っていますか。

女：ここに挙げましたように、お客様にヒアリングをする際に、顧客情報を頭に入れておくことは、基本中の基本です。もちろん皆さんも、そうした準備はされていることでしょうが、あらかじめ聞き出したい内容を整理しておくことには、なかなか思い至らないのではないでしょうか。商談の際は、お客様が話しやすい雰囲気を作ることと、５Ｗ１Ｈや、お客様の話に出てくるキーワードを意識して、メモすることが大切です。しかし、ともすれば、メモすることで精一杯になり、聞かなければならないことを忘れてしまったりするものです。ヒアリングは、単にお客様の話を聞く時間ではなくて、商談の一部ですから、お客様から何を聞き出したいのかを、あらかじめ考えておくことです。

講師は、見落としがちなのは、どの項目だと言っていますか。

【正答】　2
【解説】
　資料には「ヒアリングの心得」と題した文書が示されている。問いかけからは、場面がセミナーで、講師の女の人が商談の際の心得について話しているのだと理解できる。そして、問いかけの中で、課題として「見落としがちなのは、どの項目だと言っていますか」と述べられる。ここから、資料の 1 〜 4 に示された項目のうちから、講師が見落としがちだと指摘しているものがどれなのかを把握する問題だと理解できる。

　講師の話が始まって、まず「顧客情報を頭に入れておくことは、基本中の基本です」という発言があるが、これは 1 に該当する。そのあとの「あらかじめ聞き出したい内容を整理しておく」というのは 2 に該当する。さらに、そのあとの「お客様が話しやすい雰囲気を作ること」は 3 に、「５Ｗ１Ｈや、お客様の話に出てくるキーワードを意識してメモすること」は 4 に該当する。つまり、講師の話の前半は、 1 〜 4 までを順に述べていることになる。

　後半で、講師は「しかし、ともすれば、メモすることで精一杯になり、聞かなければならないことを忘れてしまったりするものです」と述べるが、ここがポイントになる。聞くべきことを忘れることがあると言っている。そして、最後に「お客様から何を聞き出したいのかをあらかじめ考えておくことです」とまとめている。これこそ、 2 「質問内容を明確にして、網羅的に洗い出しておくこと」である。よって、正解は 2 となる。

🔊　　　　　　　　　　　　🎧Track61

コンビニエンスストアの本部会議で、今ある店舗を強化する対策について話しています。上司は、このあと、どの案を検討すると言っていますか。

男1：では、議論のたたき台として、4つの案を提案させていただきます。お手元のプリントをご覧ください。まず、地域ごとにエリア内の顧客層を分析して、品ぞろえに工夫を凝らすことを考えました。

男2：でも、今までも各地域であれこれやってみたけど、はっきりとした効果は見えなかったよね。

男1：まあ、そうかもしれませんが、品ぞろえが豊富になることは確かなので……。えー、次に、新規コーナーを設置するという案ですけど、これは産直野菜とか、店内調理の惣菜などを念頭に置いています。

女　：うーん、それなりの店舗改修工事が必要だったり、店によってはスペースが取れないところもありそうですね。

男1：それもそうですね……。えー、それから、店員の接客マナーの向上です。改めて研修を行い、親切で元気な印象を与える店員になることを目指します。

男2：ほう。だけど、顧客がコンビニにそんなものを求めているとは思えないなあ。ほかには？

男1：最後は、宅配サービスです。他社も参入しているところがありますが、今のネット社会、今後の高齢化社会を考えますと、需要は大きいと思います。

女　：ああ、来店頻度の低い高齢者層を新たなターゲットにするということですね。

男1：ええ、少ない品数でも宅配できるようにすれば、たくさん利用されると思います。

男2：なるほど、いいんじゃない。じゃあ、これについて、具体的に検討してみようか。

男1：はい。

上司は、このあと、どの案を検討すると言っていますか。

【正答】 　4

【解説】

　問いかけの言葉からもわかるように、会話では、コンビニエンスストアの本部会議で、資料に示された、4つの店舗強化案について話されている。問題は、上司が、このあと、4つの案のどれを検討すると言っているかを聴き取ることである。

　会話を聴くと、3人が登場し、若い男の人が4つの案を順に提案していくという経過をたどる。

　まず、1つ目の案として「地域ごとにエリア内の顧客層を分析して、品ぞろえに工夫を凝らす」が提案される。この内容は 1 の案である。これに対して、上司と思われる男の人が「はっきりとした効果は見えなかった」と否定的に述べている。

　次に提案されるのは「新規コーナーを設置する」で、 2 の案である。これに対しては、女の人から「店舗改修工事が必要」「店によってはスペースが取れない」と否定される。

　3つ目に提案されるのは、「店員の接客マナーの向上」すなわち 3 の案である。これに対しては、上司が「顧客がコンビニにそんなものを求め

ているとは思えない」と否定する。

　最後が「宅配サービス」で $\boxed{4}$ の案である。これについては、上司が「なるほど、いいんじゃない」「具体的に検討してみようか」と述べている。つまり、最後の案が検討されることになった。よって、正解は $\boxed{4}$ である。

10番

　　　　　　　　　Track62

上司と部下が、セミナーの広告案について、話しています。部下は、このあと、広告案のどこを直しますか。

女：課長、今度のセミナーの広告なんですが、ちょっと見ていただけないでしょうか？

男：ああ、それね。「事例から学ぶ」っていう言葉を入れたんだね。うん、なかなかいいじゃない。

女：ありがとうございます。

男：ただ、タイトルのフォント、小さいね。大きくして、もう少し見やすくできない？

女：あ、でもこれ以上大きくすると、1行におさまらないんですよ。

男：じゃあ、仕方ないね。……あれ？　これ、講師の氏名、漢字が間違ってるじゃない。ほら、ここ。

女：あ、本当ですね。すみません。

男：それから、主催だけど、こんなところに入れたら変だよ。普通は1番下かな。

女：わかりました。

男：FAXの番号とメールアドレス、間違ってないよね？

女：はい。

男：じゃ、それでよろしく。

部下は、このあと、広告案のどこを直しますか。

【正答】 $\boxed{3}$

【解説】

　問いかけから、上司と部下が広告案について会話していることがわかる。そして、「部下は、このあと、広告案のどこを直しますか」とあるので、広告案について修正が必要なところを聴き取る問題だと推測できる。

　会話を聴き始めると、部下が上司に、広告案のチェックをしてもらっているのだとわかる。上司は、まずタイトルのフォントについて指摘するが、変更はできないとわかる。その後、講師の名前の間違いと「主催」の位置がおかしいと指摘する。それ以外にチェックした箇所は問題がないので、結局は②「講師」と③「主催」のところを修正することが必要になる。よって、正解は、広告案における②と③の組み合わせである $\boxed{3}$ となる。

第3部　読解テスト　セクション1
―― 語彙・文法問題 ――

PART 3　Reading Test　Section 1

模擬テスト ▶ 58・59ページ

◆**問題を解く際の留意点**◆

　第3部は音声がなく、文字情報が中心の問題となる。このセクションは語彙・文法に関する問題が出題される。形式は、短文ないし、短い会話における空欄部分を埋めるもので、解答は4つの選択肢から1つを選ぶ。

　語彙問題にしろ、文法問題にしろ、文脈に合った適切な語句を選ぶことが基本となっている。問題を解くにあたっては、文脈に対して注意を払うようにしたい。出題される問題のほとんどは、ビジネス現場をイメージした状況設定になっている。問題文を読んでそのシーンを想像し、文脈や背景を把握して解答を選ぶのがよい。

　また、選択肢にある語句の使い方の違いを考えることも必要である。例えば、2つの選択肢を比べたとき、極端な場合には、日本語としてはどちらの語句でも意味の通ることがある。しかし、ビジネス社会の言葉としては、どちらか一方の語句が適切だという出題がされることもある。よって、問題文を読むときには、その状況を把握し、その状況下で述べられている文脈に最もふさわしい語句を選ぶ態度が望ましい。

　なお、第3部は1問ごとの時間が制限されていないので、読み返して正否を検討することができる。あせらずに落ち着いて考えるようにしたい。

1番

> 当初、この条件に対し、先方は難色を_____
> が、交渉の結果、契約にこぎつけた。

【正答】　4

【解説】

　慣用的な表現の問題である。問題の文は、取引先との交渉が最終的にうまくいったという内容である。当初は、「先方が難色を○○」状況にあったが、それが交渉によって契約できるようになった。交渉で契約できるようになったのだから、当初の「難色を○○」は、契約することが難しい状況を指している。

　「難色を○○」は慣用的な言い方であり、○○に入るものは「示す」である。よって、4が正解である。「難色」の意味は、「賛成できないようすや不承知のようす」であり、そのようなようすを見せることを「難色を示す」と言う。問題の文では、当初の条件では、先方は契約をしないようすを見せていたという意味になる。

　正解以外の選択肢で、1「発する」、2「出す」は、意味の上では正解の「示す」と似ているところがある。「難色を○○」の○○に入れても、意味が通じるように思われるかもしれない。しかし、「難色を示す」が決まった言い方なので、「発する」も「出す」も不正解となる。

2番

もう少し早く対策を立てていたら、販売数の
前年割れは＿＿＿＿＿できただろう。

【正答】 ②

【解説】

　文脈に合う適切な語を選ぶ問題である。問題の
文では、「早く対策を立てていたら」と仮定条件
を述べて、それに対して「販売数の前年割れ」が
○○できただろうと推測している。販売数の前年
割れというのは、前年よりも商品が売れなくなる
ことでよくないことである。対策を立てるのは悪
いことが起こらないためにする行為だから、○○
には、販売数の前年割れが「起こらないようにす
ること」という意味の語が入ることになる。

　選択肢を見ると、「避けること」の類義語が並
んでいる。つまり、この問題は類義語のうち、最
も適切なものを選ぶ問題なのである。それぞれの
意味を見てみよう。① 「逃避」は「ある事柄か
ら逃げて避けること」、② 「回避」は「ぶつか
らないように、あるいは、その事態が生じないよ
うに避けること」、③ 「退避」は「その場所か
らしりぞいて危険を避けること」、④ 「忌避」
は「きらって避けること」である。問題文の、販
売数の前年割れという事態が起こらないようにす
ることは、「その事態が生じないように避けるこ
と」が当てはまる。よって、正解は ② 「回避」
である。

3番

転勤して一か月たちましたが、＿＿＿＿＿海外暮
らしは初めてなもので、四苦八苦しております。

【正答】 ④

【解説】

　この問題の選択肢はすべて副詞である。つまり、
適切な副詞を選択する問題である。問題を解くに
あたっては、選択肢を順番に当てはめて考えてみ
るのがよい。

　① 「なにやら」は「なにかわからないもの」
を指したり「なんとなく」という意味を表したり
する。前者は「なにやら訳のわからないこと」の
ように使われ、後者は「なにやら妙な雰囲気にな
ってきた」のように使う。問題文に当てはめると
「なにやら海外暮らしは初めてなもので」となり、
「なにやら」のどちらの場合も意味が通じない。

　② 「なにかと」は「あれやこれやと」という
意味であり、問題文に当てはめた「なにかと（＝
あれやこれやと）海外暮らしは初めてなもので」
は、意味が通じない。

　③ 「なにとぞ」は「どうぞ」という意味なの
で、問題文に当てはめた「なにとぞ（＝どうぞ）
海外暮らしは初めてなもので」も、やはり意味が
通じない。

　④ 「なにぶん」には大きく2つの用法があり、1
つは「なにとぞ」と同じ意味で「なにぶんあとはよ
ろしく」のように使われる。もう1つは「なんといっ
ても」という意味で「なにぶん初心者なので」のよ
うに使われる。問題文に当てはめると「なにぶん海
外暮らしは初めてなもので」となる。前者の用法で
は「なにとぞ」と同じだから意味が合わないが、後
者の用法で考えると「なんといっても海外暮らしは
初めてなもので」となり、意味が通じる。

　以上から、正解は ④ 「なにぶん」である。

社員の能力を＿＿＿＿、適材適所の配置を考えたい。

【正答】 1

【解説】

　適切な語を選択する問題。この問題文は前半と後半の2つに分けられる。前半の「社員の能力を○○する」ことと、後半の「適材適所の配置を考えたい」との関係は、前半の行為によって後半の結果を得るようにしたいというものだと読み取れる。なお、「適材適所」とは「その人の適性や能力に応じて、それにふさわしい地位や任務を与えること」である。

　選択肢はすべて動詞の連用形になっている。元の動詞のそれぞれの意味を見てみよう。1の「見極める」の意味は「徹底的に見て確認する」である。問題文に当てはめて考えると、社員の能力を徹底的に調べて確認すれば、社員を正当に評価できる。そうすれば適材適所の配置が可能になるから、「見極め」はうまく当てはまる。

　2の「見限る」は「見込みがないとしてあきらめる」という意味である。社員の能力に対して見込みがないとあきらめてしまっては、適材適所の配置は難しいだろう。3の「見切る」は「面倒を見たりすることなく関係をなくす」という意味であり、社員の能力について関係をなくすことは、やはり適材適所の配置にはつながらない。4の「見通す」の意味は「先のほうまで見る」である。「将来を見通す（先のほうまで見る）」なら意味が通じるが、「能力を見通す（先のほうまで見る）」は意味が通じない。よって、これも不適切である。

　以上から、正解は1「見極め」である。

開発に力を注ぎ、ようやく商品化にこぎつけた＿＿＿＿、この商品は売れない。

【正答】 1

【解説】

　この問題文も前半と後半に分けられる。前半は「開発に力を注ぎ、ようやく商品化にこぎつけた」で、後半は「この商品は売れない」である。そして、課題は、前半と後半をつなぐ言葉としてふさわしいものを選ぶことである。一般に、努力して商品化にこぎつけた場合、努力したのだから、それに応じて商品は売れる、もしくは、売れてほしいと思うのが当然である。ところが、この文の場合には、商品は売れなかった。その予想していたことと違って売れなかったという思いを示す接続表現が空欄に入ることになる。

　1「わりには」は「予想していたことと違ったようすであることを示す」言い方で、問題文の状況と一致する。

　2「からには」は「1つのことを踏まえて、当然、それに基づく判断や行動を伝える」言い方で、「努力したからには、当然売れるはずだ」などと使われる。「売れない」とは結びつかない。

　3「からこそ」は「前に述べたことを理由として、それに続く内容を強調する」言い方で、「努力したからこそ、こんなにたくさん売れたのだ」などと使う。これも「売れない」に続くことはない。

　4「ことから」は「前に述べたことが理由や原因であることを示す」言い方で、「努力したことから、こういう結果になった」というように、比較的客観的な表現に使われる。やはり「売れない」には続かない。

　以上から、正解は1「わりには」である。

6番

> 製品が良くない＿＿＿＿＿、今回は予算的に
> 難しいので購入を見送りたい。

【正答】　③

【解説】

　この問題文は3つの内容を持つ部分に分けられ
る。「製品が良くない」「今回は予算的に難し
い」「購入を見送りたい」の3つである。そして、
この文の中心になるのは「購入を見送りたい」で
あり、それに「製品が良くない」と「今回は予算
的に難しい」がかかわっていると読み取ることが
できる。常識的には「製品が良くない」も「今回
は予算的に難しい」も「購入を見送りたい」こと
の順当な理由になる。実際、「今回は予算的に難し
い」と「購入を見送りたい」とは順接を示す接
続助詞「ので」で結ばれている。

　選択肢を1つずつ当てはめて考えるとわかりや
すい。①の場合は「製品が良くないということ
はないので」となるが、これだと製品は良いこと
になる。すると、「製品は良いので、予算的に難
しいので、購入を見送る」ことになり、意味の通
じないものになってしまう。

　②の場合は「製品が良くないといったところ
で」となるが、この意味は「製品が良くないと
いっても」であり、「良くなくても購入を見送り
たい」という流れになる。「良くなくても購入す
る」ならわかるが、逆なので矛盾した表現になる。

　③の場合は「製品が良くないということでは
ないが」となり、「どちらかというと製品は良い
が（予算的に難しいので）購入を見送りたい」と
なるので矛盾はない。

　④の場合は「製品が良くないといったために、
今回は予算的に難しいので購入を見送りたい」と
なる。「製品が良くないために購入を見送る」の

関係は矛盾しないが、「製品が良くないために、
予算的に難しいので、購入を見送りたい」となっ
てしまう。これでは理由の並べ方がおかしい。両
者が理由になるのなら、「製品が良くないといっ
たこともあるし、今回は予算的に難しいので購入
を見送りたい」などとすべきである。

　以上から、正解は③である。

7番

> Ａ：今度の出張申請について、うまく通る
> 　　よう部長に話をしておいたよ。
> Ｂ：＿＿＿＿＿ありがとうございます。必ず
> 　　良い結果を持って帰ります。

【正答】　③

【解説】

　問題文は2人の会話である。Ａの発言に対して、
Ｂが「○○ありがとうございます」と答えている。
この○○に入る語を選ぶ問題である。選択肢を見
ると、○○はＡの発言の内容を指していると理解
される。よって、Ａの発言がどういうものかを読
み取ることが、この問題の課題だということにな
る。

　Ａの発言内容は、「Ｂの出張申請が認められる
ように、自分が部長に話をしておいたこと」であ
る。内容のポイントは、Ａの行為がＢのためにな
されたということである。そのＢのためになされ
た行為を指すのに、Ｂの立場からすると、選択肢
のどの表現が最も適切かという問題である。

　①「忠告」は「相手の欠点を指摘して直すよ
うに勧めること」であり、②「発言」は「言っ
た言葉」、③「配慮」は「あれこれと心を配る
こと」という意味である。④の「注意」は、こ
の場合なら「気をつけるように傍らから言うこ
と」の意になり、ほぼ①「忠告」と同じである。

この問題の場合は、Bの発言なので、自分のために相手のAがしてくれた行為ということになり、③「ご配慮」が該当する。なお、選択肢すべてについている「ご」は、相手の行為につけて尊敬の意を示す接頭辞である。

> 主力企画の担当になったが、私には、やや_____が重いと感じる。

【正答】 1

【解説】

　問題文の前半では、主力企画の担当、つまり、重要な仕事の担当者になったことが述べられている。それに対して、後半では、「やや○○が重いと感じる」との感想が述べられている。よって、「○○が重い」は感想になりうることである。

　選択肢をチェックしてみよう。①「荷が重い」は、慣用句として「力量に比べて負担や責任が大きい」という意味がある。問題文に当てはめると意味が通る。

　②「口が重い」は「口数が少ない」という意味であり、感想ではないし、問題文の文脈に当てはまらない。

　③「腰が重い」は「なかなか行動を起こさない」「気軽に動かない」といった意味で、これも感想にならず、文脈に合わない。

　④「尻が重い」は「腰が重い」とほぼ同じ意味で、「なかなか動こうとしない」「動作がにぶい」といった意味である。よって、これも文脈に合わない。

　以上から、正解は1である。

> 最近の製品の売れ行きは、市場が冷え込んでいるせいか、_____だ。

【正答】 4

【解説】

　ようすを表す語（擬態語）を選ぶ問題である。文脈からは、「最近の製品の売れ行き」の状況を表す語を選べばよいことがわかるが、その状況を判断するヒントが「市場が冷え込んでいるせいか」である。つまり、市場が好ましくない状況にあるので、製品の売れ行きもよくないと判断される。そこで、売れ行きがよくない状況を表す語を選ぶことになる。

　選択肢を見てみよう。①「すっきり」は「余計なものがなく、気持ちのよいようす」を表すので、よくない状況を表すのには使えない。

　②「あっさり」は「しつこくないようす」を表し、これもマイナスイメージには使わないので不正解である。

　③「きっかり」は「数量がちょうど」「明確なようす」を表すのに使われ、よくない状況とは関係がない。

　④「さっぱり」は大きく2種類の使い方がある。1つは「すっきり」や「あっさり」と似た意味で「気持ちよい、しつこくないようす」を表す。そして、もう1つは「物事の状態が好ましくないようす」を表す。この2つ目の使い方が、問題の状況に一致する。よって、これが正解である。

10番

> 商品はまだ残っているが、大幅な値引きをして_____、売る気はない。

【正答】　1

【解説】

　句と句をつなぐときの語句を選ぶ問題である。状況は、商品が売れ残っていて、大幅な値引きをするかどうかというときである。この文では、「大幅な値引きをして売るつもりはない」と読める。

　選択肢を1つずつ当てはめて考えるとよい。1 だと、「大幅な値引きをしてまで、売る気はない」となる。この「まで」は程度を表し、「○○をしてまで」は、○○をすることが極端な程度にあたることを意味する。「大幅な値引きをする」ことは極端なことと言えるので、「そこまでして、売る気はない」というのは自然な文になる。

　2 は「大幅な値引きをしてさえ、売る気はない」となる。これは不自然で、「さえ」は「極端な場合を挙げて、一般的な場合を推測させる」用法を持っている。したがって、その用法通りに解釈すると「大幅な値引きをして売る気はないのだから、値引きをしない場合は当然売る気はない」となる。値引きをして売る気はないからといっても、値引きしなければ売る気がある可能性があるので矛盾する。「大幅な値引きをしてさえ」に続く語句としては「売れなかった」である。

　3 では「大幅な値引きをしてでも、売る気はない」となり、不自然な文となる。この「でも」は「たとえ○○でも」と置き換えられる。よって、「たとえ大幅な値引きをしてでも」となり、これに続く語句としては「売りたい」になるはずである。よって、3 は不正解である。

　4 は「大幅な値引きをしてこそ、売る気はない」となる。「こそ」は意味を強める働きがあるので、「大幅な値引きをすること」によって、「売らない」を強めていることになる。しかし、この文も論理的ではない。「大幅な値引きをしてこそ」に続く語句は「売れる」であろう。

　以上から、正解は 1 「まで」である。

第3部 読解テスト セクション2
── 表現読解問題 ──

PART 3　Reading Test　Section 2

模擬テスト ▶ 60・61ページ

◆問題を解く際の留意点◆

　このセクションは、場面、状況を読み取ってそれにふさわしい表現を選択する問題が出題される。形式は、第3部 読解テスト セクション1と同様、短文ないし、短い会話における空欄部分を埋めるもので、解答は4つの選択肢から1つを選ぶ。

　このセクションも問題はすべて文字で示されているので、書かれた短文や会話を読んで、まず、その場面における状況を読み取る力が求められ、次に、その状況に最も合った表現形式を選ぶ力が求められる。

　特に、場面の状況を読み取る際には、どのような場面かというだけでなく、そこに登場する人物の人間関係を的確に把握する力が重要になってくる。例えば、電話での会話シーンだとする。このとき、場面の状況の読み取りとしては、2つの側面がある。1つは人間関係で、上司と部下、取引関係にある社員どうしなど、どういう関係にある人物の会話なのかを把握することである。そして、もう1つは、説明、依頼、交渉など、どういうことをしようとしているかの、まさに状況を把握することである。

　この2点の把握を踏まえて、空欄を含む文や会話について、どのような表現形式が最も適切なのかを考えることが、この問題への取り組み方である。

1番

> A：遠いところ、わざわざお越しください
> 　　まして、ありがとうございました。今、
> 　　お茶をお持ちします。
> B：どうぞ、＿＿＿＿＿。

【正答】　3

【解説】

　Aの「遠いところ、わざわざお越しくださいまして」という言葉から、来客に対する発言だと想像できる。つまり、その会社を訪れた人物とその会社の社員の会話と考えられる。そのあとの「今、お茶をお持ちします」という言葉から、会社にやってきた来客を応接室に案内して、お茶を出そうとしたときのセリフだと想像すると、わかりやすくなるだろう。問題は、「お茶を持ってきます」と言われたときに、どのように答えるのがよいかというものである。

　こういうシーンでは、決まった言い方があって、それが「どうぞ、お構いなく」である。これは知っておきたい言い回しであるが、もし知らないときには、どうすればいいだろうか。そのときは、選択肢を当てはめて意味を考えてみるとよい。

　1は「どうぞ、ご遠慮なく」となり、相手に「遠慮しなくていいですよ」と言うことになる。このシーンは相手が自分にお茶を持ってきてくれようとしているのに、相手に「遠慮しなくていい」では意味が通らない。

　2「どうぞ、ご心配なく」の場合は、相手に心配の必要がないと述べることになる。普通、相手に安心していいのですよ、と伝えるのに使う。なお、相手が自分のお茶を用意することは、自分のことを考えてくれることになるから、お茶の用意を「心配」と言えると考える人がいるかもしれない。しかし、そういう意味を表すには「心配」

144

ではなく「気遣い」と言う。「どうぞ、お気遣いなく」となって、それなら正解になる。

　3　「どうぞ、お構いなく」は、自分のことは構わなくてよいという意味になるから、これが正解である。

　4　「どうぞ、お見逃しなく」だと、見ることを忘れないようにしなさい、という意味になる。しかし、その場合、何を見るのかに該当するものもなく意味不明である。

　以上から、正解は　3　になる。

2番

> A：はじめまして。BM ラジオの田中と申します。
> B：あなたが田中さんですね。おうわさはかねがね＿＿＿＿。

【正答】　2
【解説】

　人間関係を考えてみると、Aはラジオ局の人と思われるが、Bについてはよくわからない。しかし、Aのセリフに「はじめまして」とあることから、初対面のあいさつだと推測される。初対面の場合には、互いに敬語を使って話すのが基本である。

　ここで問題になっているのは、BがAについて述べている、「うわさを○○」の○○の部分である。○○に入るのは「聞く」という語であることはすぐにわかるだろう。BはAに向かって「あなたのうわさは聞いている」と述べているが、これは「うわさが耳に入ってくるほどあなたは活躍している」と、相手を持ち上げる表現である。

　選択肢を見ると、すべて「伺う」が使われている。「伺う」は「聞く」の謙譲語であり、BはAに対する敬意を示している。したがって、空欄部

分を含めた表現全体もAに対する敬意を示したものでないといけない。なお、「かねがね」は「以前からずっと」という意味である。

　まず、　1　「伺ってまいります」は「聞いてきます」の謙譲表現である。謙譲表現である点はよいが、「うわさを以前から聞いてきます」となって意味が通らない。

　2　「伺っております」は「聞いています」の謙譲表現であり、これなら意味も通じる。

　3　「伺っていただきます」は「聞いてもらいます」の謙譲表現と考えられるが、「うわさを以前から聞いてもらいます」では意味が通じない。

　4　「伺います」は「聞きます」の謙譲表現になるが、「うわさを以前から聞きます」も不適切な日本語である。

　以上から、正解は　2　である。

　なお、「伺う」には「聞く」以外に「尋ねる」「訪問する」意味があり、いずれも謙譲語として使われる。それらは文脈で判断することになる。この場合は「伺う」の対象が「うわさ」なので「聞く」の謙譲語になる。

＿＿＿＿＿、こちらにお名前をご記入いただ
けますでしょうか。

【正答】　2
【解説】
　会話ではなく、1人の発言であるが、セリフか
らは会話の一部であることが推測できる。状況と
しては、相手に、名前を記入してくれと頼んでい
る。「ご記入いただけますでしょうか」は、謙譲
語「ご記入いただく」に、丁寧語「ます」「で
す」が続いて丁寧度を高めている。さらに、疑問
形になっているのは、より敬意を高める効果があ
る。このことから、この発言が、相手に対して高
い敬意を払った表現であることがわかる。
　空欄部分は、その文頭につくもので、クッショ
ン言葉などとも言われ、表現をやわらげる効果
を持つ。1「嫌でなければ」は、意味としては
正しい。名前を書くことを嫌がる人もいるので、
「嫌でなければ書いてください」というのは発言
者の主旨にはピッタリ合っている。しかし、「嫌
でなければ」というのは、相手に「嫌という理由
以外は名前を書くように」と行動を求めているこ
とになり、このような命令的なニュアンスを伴う
表現をするのは、親しくない相手には失礼だとさ
れる。上に述べたように、文の後半は高い敬意を
示す言葉を使っているので、この表現はバランス
が悪い。よって1は不正解である。
　2「差し支えなければ」は、その点、ずっと
間接的な表現になっている。「差し支え」という
のは「何についての差し支え」とも言っていない
ので、もし相手が名前を書くことを拒否したいと
きも、それなりの事情があるという建前になり、
拒否しやすい。相手が拒否することもできるよう
な依頼の表現をすることが、相手への敬意になる

のである。
　3「残念ですが」は、断るときに使うクッ
ション言葉で、依頼の場合には合わない。
　4「せっかくですが」の意味は「わざわざし
てもらったが」なので、名前の記入を依頼する場
面には合わない。
　以上から、正解は2である。

先日は資料をお送りくださりありがとうご
ざいました。＿＿＿＿＿、資料を追加でもう
1部お送りくださいますようお願いいたし
ます。

【正答】　1
【解説】
　1人の発話である。問題文の1文目は資料を
送ってもらったお礼であり、2文目は資料を追加
でもう1部送ってほしいという依頼である。空欄
部分は依頼の文の冒頭である。そのことと選択肢
から、依頼を述べるにあたって、表現をやわらげ
る効果を持つクッション言葉の適切なものを選ぶ
問題だと考えられる。
　1「お手数をおかけいたしますが」は、意味
としては「労力や時間をかけることへのおわびと
感謝」である。資料をさらに追加してくれという
のは、相手にとって労力や時間がかかることなの
で、うまく当てはまる。
　2「ご足労をおかけいたしますが」は、1
と同じ「労力や時間をかけることへのおわびと感
謝」の意味である。ただし、使う場面として「相
手がわざわざ出向いてくれたときのおわびと感
謝」の場合である。つまり、「足」を使って労力
と時間をかけてくれたという意味になる。この問
題は、資料を追加して送るので、「ご足労」には

あたらない。

　③「せっかくでございますが」は、招待してもらったが行けないときなど、相手から好意を受けたが断る場合のクッション言葉であり、この場合には当てはまらない。

　④「お気の毒でございますが」は、相手の立場を気の毒だと同情していることを示す場合の言葉であり、この場合は同情しているわけではないので当てはまらない。

　以上から、正解は①である。

5番

　A：折り返し、お電話をいただきたいのですが、連絡先は03－××××－1234までお願いします。
　B：かしこまりました。確認のため、＿＿＿＿。

【正答】　③
【解説】

　2人の会話であるが、内容を見ると取引先などからの電話を受けているシーンと考えられる。課題は、相手が電話番号を伝えてくれたとき、どうやってその電話番号を確認するかである。

　電話番号に限らず、相手が伝えてくれた重要な情報は、正しく受け取っていることを確認する必要がある。そこで、その伝えられた情報の内容を、こちらから相手に言うことによって、間違いがないか確認してもらう。この問題のように電話番号の場合は、相手の言った数字を言うことになる。

　①「言い返します」の「言い返す」は「繰り返して言う」意味で使う場合もなくはないが、普通は「口答えする」意味で使われるのでよくない。

　②「繰り返し復唱いたします」の「復唱する」は「相手の言ったことを繰り返し言う」意味である。「繰り返し復唱する」では、「繰り返し」が

重複して不自然になる。その点、③「復唱いたします」は不自然さのない言い方であり、実際のこのような場面で、決まり文句として使われるものである。④「再度お伝えします」は、こちらが伝えたことを、もう1度伝えることになる。この場合は、伝えられた立場の発言なので不正解である。

　よって、正解は③である。

6番

本日はご講演いただきありがとうございました。ただいまお車を＿＿＿＿＿ので、少々お待ちください。

【正答】　③
【解説】

　セリフから発言の状況がわかる。発言者は講演をしてくれた人物に向かって話している。講演をしてもらったお礼を述べ、車を呼んだので少し待ってくれと伝えている。発言者は講演の主催者側の担当者のような人物と考えられる。この人間関係からすると、発言は、当然、講演者に敬意を示した表現でなければならない。

　空欄は「お車を○○」であり、選択肢と考え合わせると、○○には「呼ぶ」行為を表現する形式が入る。車を呼ぶ行為は、主催者側によって行われる。発言者にとっては自分の側の行為にあたるので、謙譲表現でなければならない。

　①「呼ばれました」を分解すると、「呼ぶ」＋「れる」＋「ます」＋「た」であり、「れる」は尊敬の助動詞である。よって、不正解である。

　②「呼んでさしあげました」は、「呼んで」のあとに謙譲語の「さしあげる」がついているので、これが正解と思われるかもしれない。しかし、そうではない。「さしあげる」自体は謙譲語で問

147

題はないのだが、「○○てさしあげる」の形で本人に面と向かって言うと、問題が生じる。まず、「さしあげる」という語そのものに、相手に恩恵を与えるという側面があるので、相手に向かって直接に言うと、いわば「私があなたのためにしてやるのだ」と主張していることになり、失礼なニュアンスが生じてしまう。つまり、[2]は謙譲表現を使っているのだが、その表現に恩着せがましさ、すなわち、相手に恩恵を施して感謝しろと言わんばかりの厚かましさが含まれてしまう。そのため、[2]は好ましくないことになる。

[3]「お呼びしました」は、「お呼びする」という謙譲語に丁寧語「ます」がついている表現であり、[2]のような恩恵にはかかわらないので適切である。

[4]「お呼びになりました」は、「お呼びになる」という尊敬語が使われているので不正解である。

以上から、[3]が正解となる。

7番

> 私、これから外出いたしますので、よろしければそのお手紙も_____。

【正答】　[4]

【解説】

問題文は会話ではなく、1人の発話だけである。したがって、その発話内容から、発話者がどういう立場の人に向かって話しているかを、推測することが必要になる。「外出いたします」「よろしければ」という丁寧な言葉遣いから、相手は発話者よりも目上の人だと思われる。そして、相手が出すべき手紙を、自分がポストに入れると申し出ていることからも、発話者は目下と考えられる。したがって、空欄の手紙を「出す」にかかわる表

現も、目上に向かっての表現のものが正解になる。

[1]「お出しになりますか」の「お出しになる」は尊敬語である。相手の立場に立って「あなたが手紙を出すか」という意味ならば、正しい表現である。しかし、「よろしければ」があり、外出のついでがあるという状況を踏まえると、「手紙を出す」は「私が手紙を出す」意味なので、尊敬語は不正解となる。

[2]「お出しいたしませんか」の「お出しいたします」は謙譲語であり、上に説明したように、「手紙を出す」は私の行為なので謙譲語は正しいことになる。しかし、「○○しませんか」という否定＋疑問は勧誘する表現であるため、自分の行為に使うことはない。よって、不正解である。

[3]「出してきてもいいですか」は許可を求める表現だから、「あなたの手紙を私が出してきてもよいか」の意味になり、一見正しく見える。しかし、その前に「よろしければ」があるので、許可を求める表現が重なってしまっている。また、「です」の丁寧語以外、「出してきてもいい」には敬語が使われていない。それらの点で、問題がある。

[4]「出してまいりましょうか」は、「まいる」が謙譲語であり、「○○しましょうか」と申し出の形式であり、状況に合っている。よって、[4]が正解になる。

8番

> これが、常務ご自身で_____資料です。

【正答】 3

【解説】

　問題は1つの文であり、選択肢から空欄には「集める」にかかわる表現が入ることがわかる。この文にかかわる人物は、話し手（または書き手）と常務である。2人の関係を知るには、「常務ご自身」がヒントになる。「常務自身」ではなく「常務ご自身」と言うことから、常務が目上だと判断できる。次に、文の内容から、空欄の「集める」という行為をするのは常務だと判断できる。したがって、話し手の立場からすると目上の常務の行為には尊敬語を使わなければならない。

　1「お集めになられた」は、尊敬語「お集めになる」と尊敬の助動詞「れる」が使われた表現であり、「二重敬語」と呼ばれるものである。これは間違いとは言えないが、好ましくないとされている。

　2「お集めされた」は謙譲語「お集めする」に尊敬の助動詞「れる」がついている表現である。尊敬語と謙譲語が一体となった表現は矛盾しているので、本来あり得ないものである。

　3「集めてくださった」は「くださった」の部分が尊敬語である。つまり、「集めてくれた」を尊敬の表現にしたもので、「集める」の部分は敬語になっていないが、この形式で常務に対する敬意を示せるので、正しい表現である。

　4「集めてくださられた」は尊敬の表現「くださる」に尊敬の助動詞「れる」がついていることになり、やはり「二重敬語」になっている。そのため、好ましいとは言えない。

　以上から、正解は3である。

9番

> A：赤字続きなので、このような手当などを廃止してはどうだろうか。
> B：_____ことはわかりますが、やはり、従業員にも生活というものがありますから、そこは慎重に考えたいと思います。

【正答】 2

【解説】

　まず、会話の2人はどういう関係かを考える。ポイントは敬語の使用である。Aは「どうだろうか」と述べていて、それに対して、Bは「……ますが、……ますから、……と思います」と丁寧語を使って話している。また、内容の点からは、Aは「手当の廃止」を提案し、Bは「慎重に考えたい」と受けている。以上を考え合わせると、会社内における上司と部下の会話だと推測できる。

　選択肢がすべて「言う」ことを意味するものであることを含めて考えると、問題になっている空欄には、「上司が言う」ことを表す語が入ることになる。「言う」人物が上司なので、入るのは「言う」の尊敬語ということになる。

　選択肢の中で「言う」の尊敬語は2「おっしゃる」である。

　1「申される」は謙譲語「申す」と尊敬を表す助動詞「れる」が結びついていることになる。謙譲語と尊敬語が一緒になる日本語はないので、明らかな誤りである。

　3「おっしゃられる」は尊敬語「おっしゃる」に尊敬を表す助動詞「れる」がついている。尊敬が二重になっていて「二重敬語」と呼ばれるものである。「二重敬語」は一概に間違いとは言えないが、敬語のあり方としては好ましくないとされている。2「おっしゃる」のほうがシンプ

ルで好ましいのである。

4 「申し上げる」は謙譲語であり、これだと
上司を低めて扱うことになり、不正解となる。

以上から、正解は 2 である。

10 番

> このたびは、＿＿＿＿＿の創立記念パーティー
> にお招きくださりありがとうございました。

【正答】 3

【解説】

この問題は、選択肢を見れば明らかだが、会社
の呼び方（呼称）を問うものである。まず、「お
招きくださり」とあるので、創立記念パーティー
は相手側のパーティーだと判断できる。したがっ
て、空欄部分に入るのは相手の会社をどう呼ぶか
である。

1 「弊社」は「自分の会社」をへりくだって
言うときの呼称であるので、不正解である。 2
「弊社様」も当然不正解である。 3 「御社」と
4 「御社様」の「御社」は相手の会社の呼び方
である。

よって、「御社」に「様」をつけるか否かがこ
の問題のポイントである。「御社」の「御」は
敬意を示す意があり、「様」も敬意を示す。敬
語の一般的な考え方として、呼称の表現はシンプ
ルでよいというものがある。例えば、「社長」
「課長」という呼称には敬意がすでに含まれてい
る。だから「〇〇社長」「△△課長」と呼びかけ
るのでよく、「〇〇社長様」「△△課長様」とい
うのは適切でないとされる。この問題でも同様で、
「御社」で十分であり、「御社様」は適切でない
とされる。

以上から、正解は 3 である。

第3部　読解テスト　セクション3
—— 総合読解問題 ——

PART 3　Reading Test　Section 3

模擬テスト ▶ 62～71ページ

◆問題を解く際の留意点◆

　問題では、文書やメールなどが示され、それを読んで、問いかけの課題に対する正解を、文字で示された4つの選択肢から1つ選ぶ形式である。

　問題を解くにあたっては、まず問いかけの課題を読み取ると同時に、その文書がどのようなものなのかを認識しなければならない。そして、その課題を解決するには、文書のどのような部分に注目するかを判断することになる。

　例えば、問いかけに「次は取引先からのメールです。どうしたいと言っていますか」とあったとしよう。これから、課題は、メールの送り手がどういう希望を述べているかを読み取ることだとわかる。しかし、何に関する希望なのかは、メールを読まなければわからない。メールの件名に、「次回の会議時間の変更」とあったとしよう。ここから、メールが会議時間の変更に関する問い合わせで、時間変更を希望しているもので、その内容を読み取るのが課題だと考えることができる。そして、メールで送り手が希望を述べている可能性の高いところを探すようにすればよい。

　このように、文書資料は何も隅から隅まで読む必要はない。課題にとって必要なところを探して読むのがコツである。また、解答は選択肢から選ぶので、自分が想像した答えと一致しないこともありうる。例えば、上に述べたメールの例で、送り手は会議の開始時間を14時から13時に変更してほしいと言ってきているとしよう。しかし、選択肢にある正解は「会議の開始時間を早くする」の場合もありうる。したがって、選択肢についても、それが意味しうる内容を落ち着いて把握する

ようにしたい。

　なお、文書を読むにあたっては、原則として、その文書を受け取った人の立場で読むのでよい。しかし、設問には、文書の送り手の意図や考えを問うものもあるので、その場合は、送り手の立場に立って考えることが必要になる。

1番

【正答】　3
【解説】

　この問題の資料はメールで、課題は「経理部の人は何をしてほしいと言っているか」である。メールを見ると、「送信者：経理部　山田一郎」とあるので、課題は「メールの送り手は何をしてほしいと言っているか」ということになる。件名は「2月分の出張精算書の件」とある。

　そこで、本文を読むと、出張精算書が提出されていない事実が述べられ、「至急、ご提出くださいますよう、お願いいたします」という文言がある。ここから、送り手は「出張精算書を至急提出してほしい」と言っていることがわかる。

　選択肢を見ると 1 「領収書を書くこと」とあるが、領収書は出張精算書に添付するだけで書くことはない。 2 「出張の事務処理をすること」は、文中に「事務処理ができませんので」とあるように、送り手である経理部の人の仕事である。よって正解ではない。 3 「出張精算書を出すこと」はまさに送り手が望んでいることである。 4 「出張精算書を訂正すること」は、訂正という行為が関係ないので不正解である。

　以上から、正解は 3 である。

【正答】 2

【解説】

　この問題の課題は「手紙の用件は何ですか」である。つまり、手紙の主旨を読み取る問題である。したがって、この手紙がどういうものであるかを把握すればよい。

　ビジネス文書のほとんどは、最初にあいさつの文言があり、そのあとに用件が述べられる。その用件の始まりによく使われるのが「さて」という語である。この文書でも使われている。だから、「さて」のあとを注意して読むようにするとよい。すると、「ご注文の品は現在品切れである」「メーカーでも生産が追いつかない」「納入期日のお約束ができない」という事情が述べられている。

　そのあとの「つきましては」という語から、新しい段落が始まっている。「つきましては」は、その前に述べた事柄を受けた結論を述べるときによく使われる語である。よって、ここから送り手の結論が述べられると意識して読むようにするとよい。すると、「後日商品の入荷があり次第ご連絡いたしたく、今回はご了承のほどお願い申し上げます」と書かれている。この文言こそが、手紙の主旨である。つまり、「今回の納入期日には間に合わないことを了承してほしい」が伝えたいことである。

　これを踏まえて、選択肢を見てみよう。1「注文を受け付けたということ」は明らかに誤りで、2「注文分をただちには届けられないということ」は正しい。3「注文分をキャンセルしてほしいということ」は、商品が入荷したら連絡するし、納入期日に間に合わないだけなので、キャンセルとは違う。4「注文内容を変更してほしいということ」は、変更の話は全くないので不正解である。

　以上から、正解は 2 である。

【正答】 1

【解説】

　課題は「講師の承諾について、いつまでに連絡が欲しいと書いてありますか」というものである。メールを読むと、受け手は講師で、例年、社員向けの研修の講師を頼まれていて、今年も頼まれたのだとわかる。そして、このメールはその日程調整を図るためのものである。送り手は、研修を受ける側の会社の総務部の社員である。

　課題が「いつまでに」という時期の問題なので、時間にかかわる文言に注意して読む。すると、「10日以内に日程等についてお返事いただけるとありがたく存じます」とあるので、これが正解につながるはずである。

　しかし、選択肢を見ると、○月○日という具体的な日にちが示されている。したがって、10日以内がいつから数えるのかを確定する必要がある。単に10日以内と言うときは、その日から10日が普通である。視覚資料はメールで、送信日時が示されている。「5月10日　10：30」とあるので、10日以内となると、5月20日までに連絡してほしいという意味になる。したがって、正解は 1 である。

　3「6月20日」は文面に登場しているが、これは研修を受ける側が提案した予定の日時にすぎない。また、その10日後にあたる 4「6月30日」も全く意味がなく、不正解である。

4番

【正答】　4

【解説】

　問題の課題は「何人で、どこの工場を見学したいと言っていますか」なので、解答の要素が、人数と工場の場所の2つあることになる。

　文書を見るとビジネス文書で、標題に「貴社工場見学のお願い」とあるので、受け手の立場からすると、自分の会社の工場を見学したいという申し込みを受けたと考えられる。つまり、この問題は、見学希望の申し込みを受けた際に、見学に来る人数と見学希望場所を確認できる力が求められていることになる。

　このセクションの2番の問題で説明したように、「さて」と「つきましては」で始まる箇所を特に注意して読んでもらいたい。そして、この文書のように記書きの場合には、その部分にも注意が必要である。記書きは、必要事項がわかりやすく明記される箇所だからである。

　課題から、人数と場所が重要だが、「さて」から始まるところでは、「新入社員10名が研修を受けている」という情報が読み取れる。次の「つきましては」で始まるところでは、「貴社の京都工場を見学したい」と書かれている。そして、記書きでは、見学者が新入社員10名に引率者の1人が加わることが書かれている。よって、人数は11人、場所は受け手側の京都工場である。

　選択肢を見ると、人数は10人と11人の2通りがあり、場所は「京都商事株式会社」の京都工場と「株式会社アオバ」の京都工場の2通りがある。人数は11人だが、会社名はどちらか。これは、受取人と差出人の名前で決定できる。受け手側の会社は宛先だから、株式会社アオバである。

　よって、正解は　4　「11人で、株式会社アオバ京都工場」となる。

5番

【正答】　3

【解説】

　問いかけからは、取引先からの文書であること、課題は「取引先がどうしたいと言っているか」ということがわかる。文書を見ると、手紙文である。

　「さて」以降を読むと、受け手であるこちらが要求した、「納入品の3％値下げ」に対する返事だと判断できる。そして、次の段落には「弊社といたしましては、現行の価格での取引続行をお願いしたく存じます」と書かれている。すなわち、今の価格で取引したいと言っていることになる。

　選択肢を見ると、価格について「上げたい」「下げたい」「変えたくない」の3つと、　4　「取引をやめたい」である。これらの中では、当然、価格を変えたくないが当てはまるので、正解は　3　である。

6番

【正答】　2

【解説】

　問いかけから、資料が議事録であること、そして、課題は「このあと、まず何をするべきか」ということだとわかる。つまり、この問題は、議事録に示されたことをもとに、まず次にすべきことは何かを読み取るものである。

　議事録を見ると、議題は「クレーム対応について」とある。議事録の中で、次にすべきことにかかわる項目というと、一般的には会議の結論、この議事録では「5、決定事項」が有力候補である。そこで、その部分を注意して読むことにしよう。すると、クレーム対応について問題解決するには、スタッフがマニュアルを熟知して対応できるようになることが必要だと結論づけ、そのために、箇条書きにされた項目を行うことに決めたと読み取れる。その項目に書かれていることを整理しなお

すと、「過去のクレーム内容を分析、集計する」「クレーム対応のマニュアルを作る」「スタッフにマニュアル内容を周知する」「スタッフにクレーム対応の研修会を定期的に行う」の４つとなる。実際に行う順序は、上に述べた通りの順になる。つまり、まず行うべきは、「過去のクレーム内容を分析、集計する」である。これに合う選択肢は②「クレーム内容の分析・集約を行う」である。よって、②が正解である。

7番

【正答】②

【解説】

　この問題の課題は「内覧会に参加するためには、どうしますか」というものである。この問いかけから、文書が内覧の案内だろうと推測できる。

　この文書もビジネス文書で記書きが使われているので、「さて」「つきましては」で始まる段落や、記書きの内容に特に注意しながら読むとよい。

　読んでいくと、やはり、展示内覧会の開催案内で、参加を呼びかける内容になっている。そこで、課題の参加申し込みについて書かれている箇所を探すと、記書きの最後に、「なお」で始まる注意書きがある。そこに、「ご来場いただける場合は、同封いたしました『参加申込書』に必要事項をご記入の上、４月15日までにファックスにてお送りください」とある。「ご来場いただける場合」とは、受け手側からすれば「参加する場合」を意味する。参加申込書を書いて４月15日までにＦＡＸで送る、のが正解になる。

　選択肢を見ると、日時については何もなく、何を使って申し込むかが問われている。もちろん、②「ＦＡＸで申し込む」が正解である。①「電話で申し込む」、③「メールで申し込む」は、問い合わせの場合の方法として出てくるので不正解である。④「直接会場で申し込む」という話は本文中には出てきていない。

8番

【正答】③

【解説】

　この問題は、手紙の趣旨を問うものである。したがって、手紙がどういうものであるかがわかれば、正解が得られる。

　手紙を読んでみよう。「前略」で始まっている。これはあいさつの部分を省略していることを意味する。よって、いきなり本文が始まっていると考えて、最初から注意して読むのがよい。すると、田中様（宛名の人物、つまり、受け手）が怪我をして入院、手術をしたことについて述べている。「その後のお加減はいかがでしょうか」「ご療養に努められ、一日も早くご回復なさいますよう、心よりお祈り申し上げます」などの文言が見られる。このことから、入院に対する見舞いの手紙だと判断できる。

　よって、正解は③「入院に対する見舞い」である。①「入院したことの知らせ」は、全くの間違いである。②「手術成功の祝い」は、部分的には含まれていると言えなくもないが、手紙全体としては、入院の見舞いなので正解とは言えない。④「品物を送った連絡」というのは、本文中の「別便にて心ばかりのお見舞いの品をお送りいたしましたので、どうぞお納めください」をとらえての解釈だと思われる。確かに、この手紙で連絡の役割を果たしているが、それが主目的の手紙ではない。趣旨はあくまでも入院に対する見舞いなので、④は不正解である。

9 番

【正答】　3

【解説】

　問いかけから、課題は「この会社が最も厳しく制限していることは何ですか」だとわかるが、これだけでは何のことかわからない。そこで、メールの標題を見ると「内部情報の取り扱いについて」とあるので、内部情報の管理に関する制限のことだろうと見当をつけることができる。

　メールを読んでいくと、「以下の点に注意し、改善を図ってください」とあって、箇条書きで4項目が挙げられている。その4項目について、それぞれの項目に対する扱いが述べられている。①は机の上の書類の放置のことで、これに対して、席を立つときは、机にしまって施錠するように心がける、とある。また、②は社外秘の書類の持ち出し禁止のことで、これについては、どうしても持ち出すときは取り扱いに留意するという注意が述べられている。それに対して、③のUSBメモリなどによるデータの持ち出しについては、「いかなる理由があっても禁じる」と書かれている。①、②に比べて明らかに厳しい。④は、機密情報を外部委託社員に任せることについてで、どうしても必要な場合は「総務部に相談すること」とある。以上から、最も厳しく制限されているのは「USBメモリなどによるデータの持ち出し」ということになる。

　選択肢の 1 ～ 4 を見ると、本文の箇条書きの①～④に対応している。最も厳しかった③の「USBメモリなどによるデータの持ち出し」は、 3 「電子データを社外に持ち出すこと」に該当する。よって、正解は 3 となる。

10 番

【正答】　4

【解説】

　課題は「価格改定の理由は何だと言っていますか」である。これから、文書は価格改定について述べたものだと推測できる。

　文書を見ると、やはり標題に「オフィス家具価格改定のお願い」とある。そこで、内容を読むことにする。本文の「さて」以降に注意して読んでいくと、まず「原材料、人件費が高騰する中、生産拠点を移すことなどで価格を据え置いてきた」と述べている。そのあとに「海上運賃の値上がりが相次いでおり、価格改定を実施することとなった」と続いている。このことから、価格改定の理由は、「海上運賃の値上がりが相次いだこと」となる。

　これを踏まえて、選択肢を見てみよう。 1 の「原材料が値上がりした」、 2 の「人件費が高騰した」は、本文中に述べているが、それらに対しては「生産拠点を移すことなどで価格を据え置いた」とあったので、価格改定の理由にはならない。 3 の「生産拠点が変わった」は価格据え置きに役立ったことであり、これも価格改定の理由ではない。 4 の「輸送費用が増大した」は、「海上運賃の値上がりが相次いだこと」と通じる内容であり、これが正解になる。

BJT受験のためのアドバイス

BJTを受験するにあたって、事前にどのような勉強をすればいいのだろうか。

BJTは、日本語処理能力としてのテストと、ビジネスにおけるコミュニケーション能力テストという2つの側面を持っている。この本を読んでいる多くの人は、すでに日本語を勉強してきた経験を持つ人だと思われる。そのような人は、日本語の基礎はできているのだから、ビジネスにおけるコミュニケーション能力を磨くという点に力を注いで学習するとよいだろう。

ビジネスにおけるコミュニケーション能力は、基本的には、国によって全く異なるということはなく、わざわざ勉強する必要はないという考え方もありうる。それにもかかわらず、ビジネスコミュニケーションを取り立てて勉強してほしいと考えるのは、日本語の特殊な要素があるからだ。その最も大きな要素は、人間関係を重視する考え方とそれを反映した敬語のシステムが存在することである。

日本の社会では、日常生活であっても敬語表現や配慮表現など、相手をどのように待遇するかが重要である。1つ間違えば人間関係が崩れ、日々の暮らしに支障が出る。日本においては、相手に配慮することが強く意識されているのである。

ビジネス社会においても、相手をどのように待遇するか、また、その待遇を日本語表現においてどのように実現するかは、とても大きな問題なのである。その待遇のあり方の背景に、日本の伝統的な考え方や文化がかかわっているのである。

以上の立場を踏まえて、受験のためのアドバイスを述べよう。

受験にあたっての心構え

(1) 形式に慣れておく

何よりも大切なことは、BJTの形式に慣れておくことである。どのような問題がどのような形式で出題されるかがわかっていれば、あわてず落ち着いて受けられる。さらに、出題の傾向を知っていれば、何を問われているかを的確に理解することができて、つまらないミスを防ぐことができるはずである。

セクションごとの特徴を理解して、実際の出題形式に慣れておくことが効果的である。そのためにも、模擬テストを繰り返し練習するのがよい。特に、解説を熟読してほしい。解説には出題された問題についてだけでなく、関連する事柄についても説明を加えている。それゆえ発展的な学習もできるはずである。

(2) 知らない言葉が出てきても あわてない

問題の内容は、ビジネスに関連することである。そのために、日常的な日本語の学習では出あわなかった語句が登場することもある。知らない言葉、音声や文字だけからでは意味を想像できない言葉が問題の中に出てくることもある。

しかし、心配する必要はない。テストというものは、すべての単語の意味がわからないと解けな

いものではない。現実の生活の中でも、私たちは知らない言葉に出あうことがある。そのとき、前後の文脈や場面の状況に応じて、ぼんやりとした理解によって、あるいは、時にはわからないままでコミュニケーションをしている。それと同じで、テストで知らない言葉があっても、なんとか問題を解けるものである。

また、出題にあたっては、原則として、非常に難解な語句、めったに使用されることのない語句、非常に限られた世界でのみ使われる語句など、特殊な語句は使わないようにしている。ビジネス用語にしても固有名詞にしても、目にすることがほとんどないものは出題されない。それでも、部分的に専門用語、地名が出てくることはある。しかし、それらを知らないと問題は解けないということはない。落ち着いて前後の文脈を考え、あきらめずに問題に取り組むようにしてほしい。

(3) 出題状況を思い浮かべられるように

BJTでは、どのセクションの問題であっても、実際のビジネスシーンで生じる場面が舞台になっている。そして、解答は常にそのシーンにふさわしい具体的なものである。

例えば、第3部セクション2（表現読解問題）では、次のような、2人の人物の会話シーンが示されることがある。

A：課長、そろそろ＿＿＿＿＿時間ですが。

B：うん、わかった。あとは頼むよ。

空欄の部分に入る適切な語句を、具体的な表現の選択肢から選ぶようになっている。決して、「尊敬語」とか「外出を促す表現」のような抽象的な選択肢はない。

解答が、実際の問題のシーンに合ったものというのは、すべてのセクションに通じることである。したがって、頭につめこんでいる知識で解答することはないのである。その問題で設定されたシーンを頭に描くことが大切なのである。そして、そ

の解答を求められている人物の立場に身を置いて、どのように振る舞うべきかを考えるとよい。

そのような解答の仕方がいつでもできるように、繰り返し練習をしておきたい。

学習しておきたい事柄

(1) 会話の特徴を日頃から意識する

日本語に限らず、会話では言葉が省略されることが多い。省略されるのは、会話をする人間どうしが、同じ情報をすでに持っていて、言葉を少しぐらい省略しても互いにわかると考えるからである。日本語の場合、書き言葉でも主語が省略されやすいことがあるので、語句を省略する傾向は強い。特に、ビジネスで社内の人間どうしの会話ともなると、互いに知っていることが一致しているため、一層省略されやすい状況が生まれる。

BJTでも、そうした省略のある問題が出題される。その省略を補って理解することが必要な問題もある。しかし、省略は前後の文脈によってわかるから、あるいは場面・状況によってわかるからこそ生じるわけで、逆に言えば、前後の文脈や場面・状況を把握できれば、省略をこわがらなくてもよいということである。そこで、日頃から、日本語を使う際に、文脈や場面・状況を意識して、どのような省略が行われているかを観察するとよい。それによって、BJTで求められる推測の能力を高めることができる。

さらに、会話では、音声における緩急や強弱、ポーズ、イントネーションなどが発話者の意図や感情と関連する。それらの中には、日本語に多く見られがちな表現法もある。日頃からそうした会話の特徴を意識して観察してほしい。

(2) ビジネスシーンを知っておく

　BJTでは、いずれの問題も実際のビジネスシーンでの一場面が取り上げられる。それらは、決して特殊なシーンではなく、現実にいかにもありそうなシーンである。したがって、そのような場面で、どのような人物によって、どのような会話が行われるかを知っていると、安心して受験できると言える。

　現実のビジネスシーンを知るのが最良の方法であるが、それができない場合は、リアリティーのある小説や映画、ドラマなどを見ておくのも1つの方法であろう。

　そのほか、ビジネス現場におけるマナーなどについて述べた書物なども有効かもしれない。ただし、それらの中には、必要以上に細々としたことまで述べているものがあり、それにとらわれてはかえってよくない。マナーの基本的な考えのところだけを理解するくらいでいいと思われる。

(3) 語彙・文法についての復習をしておく

　日本語の語彙・文法についてすでに学んできたのであれば、取り立てて新たに勉強する必要はない。しかし、ビジネス社会では、特に人間関係に配慮する必要があるために、場面・文脈によって語彙・語句を使い分けることが生じる。単に、通じればいいというわけにはいかない。

　その意味で、類義語や似た語句の使い分けは大事である。また、「きっかり」「あっさり」など、感覚にかかわる擬態語（ようすを表す語）などは、その感覚に応じた語を使い分けなければならない。さらには、「申し訳ありませんが」「失礼ですが」など、場面の雰囲気をやわらげるのに使われる語句（クッション言葉と言われる）も、場面・状況によって使い分ける必要がある。

　このような、人間関係や場面の状況に応じた語句の使い分けは、表現を考える際には重要な働きをする。BJTの選択肢の正誤の要素になることも多い。そういう意味でも、学習しておきたい事柄の1つだと言える。

(4) 手紙文の形式に関する知識を身につける

　日本語の手紙文には型がある。まず、前文、本文、末文の3部構成になっている。前文では、時候のあいさつや安否のあいさつ、さらには感謝の言葉などを述べるが、その順序にも決まりがある。ビジネスの手紙でもビジネス社会のあいさつなど決まった文言などがあって、やはり型が存在する。

　さらに、手紙文ならではの、よく使われる語句というものもある。例えば、「さて」「つきましては」といった手紙の構成にかかわる言葉や、「時節柄」「最後になりましたが」などあいさつ特有の語句がある。これらの使い方を知っていると、他人から来た手紙を正確に読むことができ、また、自分が書くときに的確に伝えることもできる。

　BJTの問題を解くにあたっても、これらの知識は有力な武器となる。手紙の型に関する知識、手紙特有の語句の使い方を身につけるようにしておくとよい。

(5) ビジネス文書の常識を知っておく

　事務上のビジネス文書、例えば、案内状、依頼状、送付状などにも、手紙文と同様に、決まった型が認められる。文書の上部に日付、宛名、書き手の名前などがあり、そのあとに、標題と本文があって、記書きがつく。これがビジネス文書の一般的な型である。

　この型を知っていると、ビジネス文書をさっさと書き上げることができるだけでなく、読む立場のときも、どの位置にどの情報があるかが一目

でわかる。BJTの問題で、質問の内容によっては、ビジネス文書のすべてを読まなくても、必要な知りたい情報をすばやく見つけることができる。

ビジネス文書における基本的な知識も身につけるようにしておきたい。

(6) 待遇表現について学ぶ

すでに繰り返し述べてきたように、ビジネスシーンでは人間関係が重要である。そのため、ビジネスコミュニケーションで重視され、同時に、難しいのが待遇表現である。待遇表現とは、相手や第三者を社会の中、あるいは、自分との関係でどのように位置づけているかを示す表現である。例えば、目の前にいる人物に向かって呼びかけるとき、「おまえ」「あなた」「ヤマダ」「ヤマダさん」「ヤマダ課長」「ヤマダ様」など、さまざまな呼び方が可能である。そして、それぞれによって、話し手が相手をどのように位置づけているかが異なっている。この人の呼び方も待遇表現の１つである。

もちろん、敬語も待遇表現の中心になるものである。その人物に敬意を払うべきか払う必要がないのか。敬意を払う際には、どの程度の敬意を払うべきか。例えば、「書いてくれ」と頼むにあたって、敬語を使うにしても、「書いてください」「書いてくださいませんか」「お書きくださいませんか」「お書きになってくださらないでしょうか」などさまざまな形式が可能である。そして、単に待遇の度合いをより高くすればよいのではなく、人間関係と場面によって、適切な待遇表現が異なってくる点が難しいのである。

これは、実際には現実的な場面で練習をするしかない。ただ、BJTでは、微妙な人間関係や特殊な場面を設定してまで敬語の問題を出題することはない。基本的な敬語使用、現実的な人間関係における敬語使用の能力があることを確認しようとする。

よって、まずは、敬語を中心に、他人に配慮する待遇表現の基本のルールを学んでほしい。そして、次に、実際の場面で人々がどのような表現をしているかを観察するとよい。多くの実例を観察することによって、実際の場面でどのような敬意を伴った表現が適切なのかを判断できるようになるはずである。

為便於今後的出版事業規劃，敬請協助至以下網址填寫問卷（網站為日語）
http://www.kanken.or.jp/bjt/book/
智慧型手機也可填寫問卷，請掃描左方條碼進入網站。

本書原名－「BJTビジネス日本語能力テスト　公式　模擬テスト＆ガイド」

BJT 商務日語能力考試　官方模擬試題&指南

2018 年（民 107）3 月 1 日　第 1 版　第 1 刷　發行
2021 年（民 110）4 月 1 日　第 1 版　第 2 刷　發行

定價 新台幣：380元整

編　　　者　公益財団法人 日本漢字能力検定協会
發 行 人　林 駿 煌
發 行 所　大新書局
地　　　址　台北市大安區(106)瑞安街256巷16號
電　　　話　(02)2707-3232・2707-3838・2755-2468
傳　　　真　(02)2701-1633・郵政劃撥：00173901
法律顧問　統新法律事務所

香港地區　香港聯合書刊物流有限公司
地　　　址　香港新界大埔汀麗路36號中華商務印刷大廈3字樓
電　　　話　(852)2150-2100
傳　　　真　(852)2810-4201